外国人写作中国计划

外国人写作中国计划

罗宾博士看陕西

[英]Robin Gilbank 著　胡宗锋 译

中国出版集团
中译出版社

罗宾在宝鸡凤翔县东湖、林则徐1842年亲手种植的柳树旁

罗宾与贾平凹老师、胡宗锋教授

白丽诗在周枫寺附近拍照

罗宾与同事盖伊·里瓦德和三名学生在国际园艺博览会（2010）

民俗民风

街边用传统方式制作爆米花

“党家村”航拍

“党家村”三位老年村民

“袁家村”售卖蝎子产品的小店

罗宾公寓里的蚕（在蚕丝变色前）

宝鸡市展示的“龙”字地书

宝鸡市的清明游行

关中农村家庭供奉的神龛

一面印有当地方言的旗子“嘹咋咧”（又称作“嫽扎咧”，意为好极了）

“Biang”字的书写

“唐三彩马”的仿制品

唐代的女性陶瓷雕像

库淑兰的大型剪纸作品

宝鸡市凤翔县的特色戏曲面具和泥塑

汉代兵马俑

大兴善寺里的“油锅”

彬县大佛

草堂寺里焚烧的经文

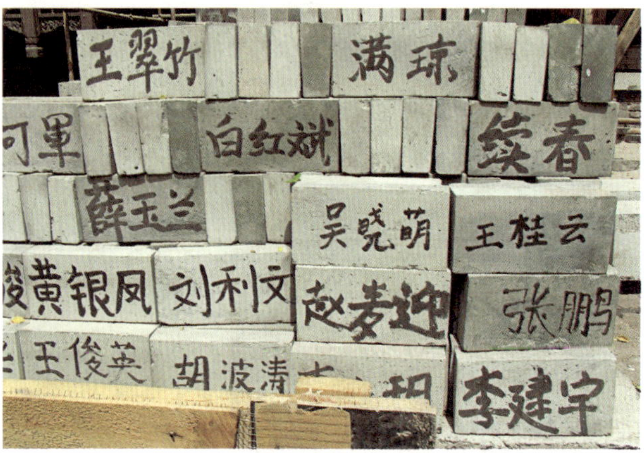

罔极寺里印有捐献者姓名的青砖

外国人写作中国计划

外 国 人

写 作 中 国

计 划

罗宾博士看陕西

[英] 罗宾·吉尔班克 著
胡宗锋 译

中国出版集团
中译出版社

图书在版编目（CIP）数据

罗宾博士看陕西 /（英）罗宾·吉尔班克（Robin Gilbank）著；胡宗锋译. —北京：中译出版社，2018. 8

ISBN 978-7-5001-5392-4

Ⅰ. ①英… Ⅱ. ①罗…②胡… Ⅲ. ①散文集—英国—现代 Ⅳ. ① I561.65

中国版本图书馆 CIP 数据核字（2017）第 184853 号

出版发行 / 中译出版社
地　　址 / 北京市西城区车公庄大街甲 4 号物华大厦 6 层
电　　话 /（010）68005858，68358224（编辑部）
传　　真 /（010）68357870
邮　　编 / 100044
电子邮箱 / book@ctph. com. cn
网　　址 / http://www. ctph. com. cn

出 版 人 / 张高里
策划编辑 / 刘永淳　范　伟
责任编辑 / 范　伟　葛玉芳　吕百灵

装帧设计 / 视觉共振设计工作室
印　　刷 / 北京顶佳世纪印刷有限公司
经　　销 / 新华书店

规　　格 / 880 毫米 ×1230 毫米　1/32
印　　张 / 7.875
字　　数 / 140 千字
版　　次 / 2018 年 8 月第一版
印　　次 / 2018 年 8 月第一次

ISBN 978-7-5001-5392-4　定价：**50.00** 元

至少从20世纪70年代起，
外国人就觉得“兵马俑”比长城更值得一看。那些和秦始皇有着联系的丰功伟绩每年吸引着成千上万的游客来西安观光旅游……

目　录

第一章　西安印象 /002

第二章　陕西美食 /028

第三章　东方一瞥：半坡与蓝田 /50

第四章　两个王朝的缩影 /68

第五章　“丝绸之路”的起点 /84

第六章　大学习巷 /98

第七章　长安静谧的寺庙 /108

第八章　宝鸡的清明节 /122

第九章　陕西乡村掠影 /140

第十章　关中的睦邻之帮——福音村 /160

第十一章　民间文化西行漫记：陕西的艺术 /182

第十二章　黄土地上的硕果：陕西作家 /204

第十三章　灞陵伤别——忆陈忠实 /228

第一章

西安印象

中国有句话叫“不到长城非好汉”，这对我来说非也。我第一次见识宏伟的长城，不是像那些跟着旅行团的人，在北京的郊区兴致勃勃地跑来跑去，而是坐在一辆越野车的后面。在河北省，我们驱车穿过乡下，要到一个被城墙围着的小城市——宣化，这儿的建筑保持着往昔的风貌。我们在山间蜿蜒驰骋，上下颠簸的程度让人联想到的不是棱堡，而是绵延无力的纹理皱褶，带给人的与其说是乐趣，倒不如说是畏惧。

至少从 20 世纪 70 年代起，外国人就觉得“兵马俑”比长城更值得一看。那些和秦始皇有着联系的丰功伟绩每年吸引着成千上万的游客来西安观光旅游。秦俑那挽起的发髻和意味深长的幽暗眼神让人感知到了全球文明的权威价值，以至于很多人觉得这个城市除此之外别无他长，或者说得严重点，就是个实实在在的荒原。这倒也是，长安的辉煌曾经一度被淹没在了现代的功利外表下，这儿的许多寺庙、圣殿和庵院都没有得到妥善的利用。“文化大革命”时获准到西安的外国人没有几个，已故的西门·利恩是其中之一。他在西安只看到了两个旅游点，一个是大雁塔，另一个是陕西省博物馆（当时还在“碑林”里面）。他发现：

> “城隍庙”里的雕塑都不见了，大门口的标志性建筑，宏伟的五座木雕拱门也消失了。神殿被改成了货栈。“西五台”在最近被红卫兵一把火给烧了，没有人敢告诉“乌龙寺”和“八仙庵”里留下的有什么。
>
> ——西门·利思著，《中国的影子》，第 70—74 页

也许这位比利时汉学家不知道，就在他与当地的官僚打过交道后不久，临潼县一家姓杨的人首次发现了地下的“秦俑”残骸。这一恰逢其时的发现，和即将到来的改革与开放一样，成了陕西新兴文化遗产的支柱产业，现在每年的收入估计超过了 250 亿元。

作为一个在 2008 年夏天来到西安的人，我看到的是这个地方大规模投资的丰硕成果。我刚到的时候，虽然没有经历过西安快速工业化阶段造成的环境危害，但五六月份的天空仍不是那么湛蓝。20 世纪 80 年代，生于明尼苏达州的已故

美国作家比尔·霍姆（Bill Holm）曾在西安交通大学做过一段时间的外教。他在《归乡喜若狂》一书中写道："这座古代的唐朝首都变成了一个脏兮兮的水泥工业城。"他观察到尘土和煤灰无处不在，当他把刚洗好的衬衫挂到户外晾干时，不到几个小时，衣服就从白的变成了灰的。树丛被衣服遮住的部分反而显得成了唯一干净的东西。比尔·霍姆在西安所见，与高楼林立、多塔酒店大楼高耸如亨利·莫尔[①] 的雕塑的 21 世纪大城市可谓天差地别。英国作家科林·休布伦（Colin Thubron）曾在 1986 年造访过西安，后来在为其大作《丝绸之路》收集素材时，又有幸重访这个城市。他对当地巨大的变化描述如下：

18 年前，我曾艰难地到访过一个衰败的省会，那里忧郁的城墙，"文化大革命"后幸存下来的一切，除了混凝土砖和半空的国营商店，几乎什么都没有。我的记忆里只有发臭的煤灰和秋天的烂泥。幽灵般四通八达的古老街道上跑的是锈蚀斑斑的卡车，溪流一样的自行车到处乱窜。沿着人行道的色彩通常是褐色、灰色和哔叽蓝。这里的历史仿佛死气沉沉一般，又极富耐性。

然而，现在这里焕发出了生命的光彩。虽不像北京那样凝结在其宏伟中，但却活力四射，到处都是人满为患的大商

① 亨利·摩尔，1898 年 7 月 30 日 —1986 年 8 月 31 日，英国雕塑家，以大型铸铜雕塑和大理石雕塑而闻名——译者注。

场和饭店，城郊都是高新产业开发区。

——科林·休布伦著,《丝绸之路》，第 7 页

就商业街而言，城市化可能带来特色的丧失，祖传的百年老店挡不住连锁店的压力，以前从事各行各业的小匠人和小商贩正在逐渐消失，如休布伦那样的走马观花者不会注意到。我认为，西安的救赎在于扎根关中平原。在中国的所有内地省份里，陕西几乎是独一无二的，拥有百万人口以上的城市只有一个，故人们很难摆脱乡村生活的影子。

作为一个自诩的“宅男”，我几乎没有到附近去历险的念头，我认为西安不只是一个航空中转站或仅仅是古“丝绸之路”的起点（难道不值得我们思索这儿和兰州的不同吗？），这块广袤的平原也是周人和其他辉煌的民族曾经生养繁衍的地方。这座城市也浸润在文明和民俗中，传统和现在时常互相较量着。我这样说不是指表面上的东西，如在回民街和书院门的有些街铺里，慈禧太后的牡丹图仿制品和户县农民画摆在一起出售，而宋代的青花瓷旁边放的则是剪纸，这些现象和我所言没有多大关系。我要说的是，历史上在此建都的有 13 个王朝，因此要根除关中农民的影响是不太可能的。一个突出的例子就是蒲城县睿宗皇帝（李旦）的陵墓，通往陵墓的道旁有与实物一样大小的石刻马和其他动物。当地没有接受过教育的人，认为这是诸如“年”这样的恶魔。他们带着木棍到那里，把那些动物的嘴都给敲碎了，生怕天一黑，这些动物就会活过来，

到村里来捣乱。

举上面这个例子，不是为了诋毁乡下人是破坏文化遗产的粗鄙之人。外国人对普通陕西人对待自己物质文化遗产的评价总是很高，这也是可以理解的。在中国英年早逝的美国记者弗朗西斯•亨利•尼科尔斯[①]曾写道：

> 他们虽然排外，有偏见，但却没有其他省那些人的狂热和残忍。
>
> ——弗朗西斯·亨利·尼科尔斯著，
>
> 《穿越神秘的陕西》[②]，第124页

与外人相遇是当地人自豪感的催化剂，因为这会加强周人子孙的崇高地位和保护这些遗产的本能。要不是有乡村佛教祠堂里勤奋的住持和犁地的农民告知官方他们发现的地下周代青铜器，谁知道这些文明的遗产会不会被掠夺或遗失呢？

---

① 弗朗西斯•亨利•尼科尔斯（Francis Henry Nichols, 1869-1904），中文名为纳柯苏，美国记者、探险家、美国地理学会会员。1898—1901年，陕西、山西等地连年大旱，引发严重饥荒。美国纽约《基督教先驱报》在全美发起了为秦晋灾民筹募赈款的活动，1901年，尼科尔斯作为该报特派代表，前往西安监督放赈、报道灾情。

② 《穿越神秘的陕西》是尼科尔斯记述他从北京出发，经直隶、山西，到达陕西西安，从事灾赈活动而后翻越秦岭，经湖北，沿长江乘船抵上海这一行程的著作。尼科尔斯在3000余公里的水陆行程中，从一个美国记者的视角出发，真实、生动地记述了直隶、山西、陕西、湖北等地沿途自然环境、城镇聚落、交通运输、商业贸易、风土人情、宗教信仰等方面的情况，而对清后期西安城各方面状况进行的多角度记述尤显珍贵，堪称清后期西方人关于西安城的第一本“全景式”著述。该书出版后，成为西方世界了解清末中国西北内陆地区的经典著作之一。

撰写关中这片土地，我无意重复旅游手册里枯燥的事实和数字以及标准的陈词滥调。我的文章之立意在于从特性和多样性上来突出关中平原的个性身份。从三原和泾阳的黄土地到眉县富饶的果菜园，从咸阳的渭水到渭南的煤矿“黑带”，关中绽放出的是其精致的风景和丰富的资源。人们的生活水准得到改善后，这里的人们现在也有了时间来回顾和消化自己的文化，甚至是把它推向市场。我将紧紧围绕关系密切的文明和民俗主题，来探究这片土地上的宗教、文学、艺术、饮食、建筑等主题。

我居边家村

我住的地方以前是一个佛寺，地盘很宽，很久前就改造成了大学校园。我屋后南窗外是越来越稠密的摩天大厦，但在冬日，当寒冷扫落了树冠时，从走廊尽头公共阳台上看到的是一幅更有趣的景象。只要把头和脖子稍稍向外一伸，就可以看到西安明代城墙的城垛。城墙上还挂着灯笼，那腥红的灯笼像几百年前一样，在龙头支架上摇曳着。从这些悠然无事的灯笼上，一点儿也看不出这个城市所经历过的专制、饥饿、轰炸和围攻。若有人觉得除了季节的更替，没有什么能妨碍这些灯笼的轻轻摇摆也是有情可原的。

早晨要是有课，我就把闹钟定在五点四十五分——此时校园已开始活跃起来。上了年纪的人从校园四周鱼贯而入，开始打起了太极拳，有的人就只是抱着树，用手掌拍打着树干，据说这能使人的四肢和关节保持灵活。西方人肯定觉得这有点神经不正常（人们一直用“抱树”来形容某些环保人士，他们不切实际，异想天开地用此方法保护自然）。上面提到的这些领退休金的人可不这么想，传统的中医理论认为，这样的练习可以刺激体内的“阳气”上升。

我在去学校班车停靠点的路上，常常听到一些老年人半导体收音机里播放着打击乐。这些老人叉开双腿，开始下蹲，直到屁股挨上了地面。然后，再慢慢起来，同时双臂展开，雅如草叶舒展，又快得像把油漆弄干一样。

“你怎么不和他们一起练？”回到英国后，不止一个亲朋有些调侃地问我。到中国的第一年，我的一位年过花甲的美国同事安妮参与了中国武术的“剑舞”初级班，由“边家村工人文化宫”（这名字很吸引人，是个有咖啡店和影院的健身俱乐部）的娱乐中心开设。我对此毫无兴趣，“剑”和“舞”结合在一起，只能让我想起日本的忍者或英国矫饰的民间传统。我不止一次在路上碰到安妮穿着紧身裤去那儿或是从那儿回来。不用我问，她就会大谈这种新运动的芭蕾舞特色，并兴致勃勃地拿出她的剑，向我展示那不是一把致命的武器。对这位新兵，练太极的老人似乎看法不一。他们欣赏她舞剑时的灵巧，但却好像看不惯她的打扮。安妮穿的是名牌连体裤，而不是老人们喜欢的那种古典的丝绸长裤。

我的同事安妮和她丈夫就住在我楼上的公寓里，她丈夫是个半退休的法律文案人员。他欣赏妻子的健康生活方法，但他喜欢的是自行车和哑铃，而不是武术。这夫妻俩从中国学生那儿学来的坦率有时让我感到不舒服。安妮的写作课很快就让她窥到了中国 18 岁到 22 岁这些年轻人的内心世界。她每个周末都要批改 90 篇左右的作文，她从这些作文中洞察了一切。班上有一半的人显然从安妮的阅历中看到了智慧，一有机会就向这位和自己奶奶年纪一样大的人请教恋爱问题。安妮了解到，特别是对于城市的女孩子来说，走向成熟的一个标志就是让人看见在周六的午后和小伙子手挽手在东大街散步。这个小伙子不一定是她的恋人，因为小伙的主要任务是为她拎那个大号的皮包。包越艳、越花哨，她就越有成就感。这种成就感不仅在于炫耀身边有男士体贴的照顾，还在于她发现自己未到法定结婚年龄，就有了驯服男人的本事。

那些关系比较稳定的恋人们，命中注定要分开住在男生和女生宿舍里，在前两年的学习期间，还要受晚上学校学生宿舍宵禁的限制。从安妮批改的作文中得知，电影院为这些恋人提供了短暂的亲热机会。至于实际情况如何，我不大清楚。但每次去看电影时，观众席上就从来没有安分过。那些悲惨的爱情故事使那些“剩女”嘤嘤哭泣。而香港枪战大片中没完没了的枪声使影院的墙壁都在颤抖。我估计，坐在后排的人肯定都是有备而来，都带着耳机。

美丽的图画边上闪烁的是焦虑的光芒。对于那些在 2008

年和随后到中国的人来说，人们注意到的是历史带来的焦虑。为了纪念邻省四川遭遇的汶川大地震一周年，艺术学院的学生创作了一幅巨大的画卷，描绘政府和应急部门在地震发生后的救援事迹。在倒坍的房屋和积满灰尘的裹尸布间，令人不可思议的是，竟然有婴儿神奇地诞生在废墟中。我的学生讲的事就普通多了，每个人都能想起那个星期一，想起2008年5月12日下午两点二十八分自己身在何处。为了预防余震，几乎所有人都不再睡在有些年头的学生宿舍楼里，而是抱着铺盖卷来到了篮球场。

我的一位学生朋友，是工程系的研究生，他甚至都不相信操场安全。由于认识学校开班车的一位司机，他就想方设法让司机允许他每天晚上睡在班车后面的座位上。要是再发生余震，他希望新班车（那是有保单的）上的车闸可以把他固定在原地不动。

人们的担忧不是没有根据。早在1556年的时候，陕西就遭遇过历史上最严重的一次地震，据后来的专家估计那场地震的震级相当于今天的八级地震。因为那场地震，位于我们校园南边不远处的小雁塔从45米降到43.4米，至今仍屹立不倒，令导游们惊诧不已。然而，很少有人提到大约有80多万人在那次地震中罹难（是汶川大地震的十倍），其中包括在窑洞倒塌和建在黄土地上的房屋被夷为平地时罹难的农民。根据现有的记录，那次地震几乎是瞬间使山川震动，将高山夷为平地。葡萄牙道明会传教士加斯帕尔·达·克鲁斯（Gaspar da Cruz）

当时在中国的南方，他甚至胡诌说这是神明针对中国异教徒的一次神圣的审判。听到地震的消息，联想当年早些时候看到大彗星（此彗星现在被天文学家命名为C1556/D1，即1556年大彗星）从头顶划过，他便以为这象征着世界末日即将到来。要是再来一次地震，他的反应会如何呢？这个问题显然悄悄地潜入了我的下意识，有一段时间我做噩梦，梦到房子塌了，自己被压在了楼上两位从密苏里肯萨斯城来的一对老人的双人床下面。当然，外面稍有动静就会把我从梦中惊醒，通常声音都是来自一墙之隔的外面街道，有人大半夜吃烧烤喝酒，乱扔喝空了的“汉斯”酒瓶。隔着墙我都能听见他们铁哥们划拳的喊声，输了的人会大喊“日罢欻”（陕西方言“不行、差劲”的意思）或“瓜皮”（陕西方言“蠢与笨”的意思）等粗话。

我们的通信地址是太白北路，当地的西安人认为我们的校园就是边家村的北端。边家村翻译为英文就是“边家人的村庄”或“边氏家族区”。这样命名的村庄很多，如韩城附近的“党家村”，咸阳的“袁家村”，故给人的印象这是城里的一个独立社区。确切地说，我不清楚“边家人”是何许人也，也许在本世纪初，当这个城市的城镇区规划时“村”的叫法很普遍，他们是这儿的主要居民或生意人。称之为“村”也许不太合适，因为如今的边家村基本上就是从北到南的三个商业和住宅区，相互之间没有明显的分界线。

在边家村的中间有一条街，两边是卖衣服和烟酒的，中间“跑”着的是一个菜市场。说“跑”这个词比较恰当，因为除了从早到晚熙熙攘攘以外，到这儿来买东西的人不得不时刻提高警惕，注意脚下，以防踏进从各种各样的摊位冒出来、流向排水沟的各种液体。这里有用泡沫纸箱盛着的鱼头，箱里放着冰，鱼头还带着血（鱼眼是美味佳肴），旁边的板条箱里放着淡水养殖的螃蟹和也许可以叫“蛙”的东西。我一直不明白英语里的一句俗语，叫“气得像一盒子青蛙一样”。被塞到这样一个密封的箱子里，这些两栖动物好像并不怎么生气。它们的这种顺从倒是让人颇为同情，被剥夺了跳跃的空间，这些家伙几乎陷入了一种睡眠状态，它们的气囊在挣扎着从箱子上面的窟窿吸气。

如果说禽肉市场带给人的是一种神经质的战栗，那么菜市场则是常见的东方商品和一些时令产品。有几个调料小贩依旧在坚持用以前的杆秤，把干辣椒和八角茴香舀到秤盘里，再移动秤砣称重量。早在几年前，就已经不这样称香辛料了。秦岭（在西安的南面）周围的农田现在都改造成了塑料薄膜大棚，用来种植无核小水果，正好能在过春节时享用。人们现在热衷的是从外地运来的瓜果和菠萝，从复活节开始，水果贩子就会在摊位前摆一个长方形的玻璃水缸，里面放着削成条的水果，水果条上插根竹签，可以像吃棒棒糖一样拿着吃。用刀子削皮很简单，当然要削好菠萝皮需要特殊的刀。那是一个带U型刀刃的刀子，随着刀子沿斜线干净利落地切下，皮就被很快削掉了，剩下的就是果肉了，大约两块五一块。

冬天又是另外一番景象。装水果的罐子消失了，取而代之的是临时做成的烤炉，里面塞满了红薯。人们可以一眼看出炉子是用旧油桶做的，最上面糊了一层泥，靠手推车的两个轮子来拉动。有时候，推车上的闸都不拉死。能迅速跑开至关重要，因为时不时会有穿制服的人过来，挥舞着证件，让没有执照的小贩走开。小贩们很听话，但等风头一过，又会若无其事地回到原来的地方。

随着天气越来越冷，越来越多的商人开始依赖人造热能。拐角的医院有时提供小型热水瓶，容量和咖啡壶差不多。没有多少水壶公开摆出来，这是有原因的，因为其表面上贴的广告多为快速无痛人流，声称一顿午饭的时间就可以做好，或是无痛切除痔疮。

还有一种东西到处都是，我在一家咖啡店的画册上看到过，那就是被称为是中国特色的“蜂窝煤”。把它装在十到二十厘米高、易燃烧的圆筒里，可以用来代替电，街道上卖小吃的靠这烧锅或烤手取暖。蜂窝煤的造型精巧绝妙，它有许多上下贯通的孔，只要一靠近火苗，几秒钟就可以引着，还可以用一个铁钳夹起来。烧过的蜂窝煤本身也有用，只要一踩碎，就是肥沃的钾肥资源。

至于西安的寒冷，一看地面就知道了。虽然冬雨罕见（且常常是人工降雨），在树根和其他一些洼地还是有危险的冰块，这也是人为的。出于礼节，有些小餐馆常给人们供应饺子汤。一天的生意结束后，店主就会把锅里剩下的汤倒在街上，而那汤很快就会结成冰。

和其他地方的社邻一样，总有人坚持全天候出勤。最有名的是一位中年手艺人，外国人给他起了个绰号叫“龟壳货车人”，他下身瘫痪，主要的营生是配钥匙、换保险丝和干一些小的焊接活。由于腿有残疾，没法整天都坐在凳子上，他就给自己定做了一个既能干活又能居住的交通工具。有同事对我说，二十年前他用的是残疾人推车，车轮和车链要靠摇动前面的手柄来驱动。现在他用发动机代替了人工手摇，还用铝合金给车子做了一个屋檐式的壳子，可以说是实施了一项少有的工艺改革。他现在住在一个像犰狳壳一样的车上，关上门的时候样子很像泰晤士河边的“英伦之障”，电源是用拉长的引线连接，卫生设施只是一根插入下水道的胶皮管。

每天不论几点，人们都能看见“龟壳货车人”把车停在街角一家清真饺子馆旁的自行车道上。当龟壳打开时，他就会拉出一个托盘，上面摆着保险丝、螺丝刀和配钥匙的工具。他举止粗野，个人卫生也不怎么样，这可以理解，但生意却很不错。他的店就开在大学的老家属院旁边，这儿的楼房是毛主席在世时按苏联的模式修建的，原来的社会主义“新村”也已经渐渐受到了腐蚀。现在大多数住户都是房客或面临各种难题的老住户。“龟壳货车人”的绝活是帮那些由于钥匙质量差开不了门的人修钥匙。他把坏了的钥匙用锉一锉，接着用铁锤叮叮当当的敲，敲得他的车壳跟着来回摇晃。他说自己配的钥匙是用永远也不会坏的合金做的；如果卖不出去，那就是生意不顺的缘故。他给配的钥匙都打上一个颇有个性的标志，以保证人们不会忘了他的手艺。

刚到西安的时候，边家村对我吸引力不大。首先是因为，对于我这个居住在外国的英国人来说，“人人乐”超市里除了没有澳大利亚胶、瑞士甘蓝和英国的美格纳斯苹果酒以外，这里有我想要的任何东西。每天晚上，我会到护城河边的公园去。当回到家里的人开始看“肥皂剧”或提着壶给温室里的盆景西红柿浇水时，这儿便挤满了人。公园的铁门九点半关门，在那之前，这里聚集着各行各业的人。有人在黄昏的时候放风筝，也有领着养老金从超市逛回来的人在谈论鸡蛋的价格。在半月型的石桥中间，还不怎么站得稳的孩子在滑滑梯。我就是喜欢坐在这样的地方，注视变化中的芸芸众生。让市民今日感到自豪的东西，随着其光辉的消失可能在将来变得俗气。几年前，市政府为当地的陕西风味面食“𰻞𰻞(biang biang)面”建了一个雕塑，用的全是青铜材料。雕塑是一个像洗澡盆大的巨碗，里面竖起几根面条，缠绕在一只无形的手举着的一双巨大的筷子上。午后五点的阳光在这个筷子上投下了一道吓人的阴影，以至于使那些爱叫的狗在被人放开链子后，对着它狂吠，然后又被上面无形的力量吓得往后退。

当我在这里发呆的时候，数千人可能路过这条小径。而在西安古老的历史中，路过这条小径的人以数百万计。凝视着护城河沿岸的垂柳，我无法用自己原创的言语来描述此情此景。外国人在中国首先学到的诗歌之一是王维的《送元二使安西》。这首诗有可能就是在唐代的时候写于这个城市。当时长安是“丝绸之路”的起点，实际上从很多方面讲也是东方世界的都城。王维写道：

渭城朝雨浥轻尘，
客舍青青柳色新。
劝君更尽一杯酒，
西出阳关无故人。

这首诗比英国的史诗《贝奥武夫》早得多，比北欧海盗第一次抢劫诺森布利亚[①]还要早一代人，有可能是在尊者比德[②]去世前后那段时间创作的。柳树象征着为了朋友的离别而感慨，这种情感回荡在将来与友人能共同举杯的期望中。据说唐代的酒仙诗人李白，为了拥抱映在水中的月亮而淹死在了长江里。这里的酒肯定比当今北欧的果酒更能让人上头。

夜晚降临的时候，公园里迎来的是一群服饰华丽的户外娱乐者。大约至少有一百名退休后的女人，扭着屁股，挥着胳膊跳起了快乐的广场舞。躲开这些喧嚣的人群，我早就注意到了一阵阵像是在尖叫、战栗和哀号的声音。坐在柳树下

---

① 诺森布利亚 Northumbria 是中世纪时在英国北方的王国——译者注。

② 尊者比德 Venerable Bede 又译为“圣比德”或“可敬的比德”是中古英格兰诺森布里亚王国历史上卓越的学者和历史学家——译者注。

的一块大石头上，或是像往常一样在户外的器械上练习伸腿和蹬腿时，我不太清楚这声音来自何处。顺着像静脉曲张那样连着几个扩音器的电线，我终于发现在一片空地上，有自愿者在即兴表演秦腔。没有剧场里的华丽服饰和脸上的油彩，那唱戏的人在灯光下的舞台上挥汗如雨。但那甩袖、扬眉和拒绝人时的提袍以及各种动作，和在舞台上表演的人一模一样。

说起这些晚上的见闻，那些听讲的人常常担心得脸色发白，“那地方不卫生，太热，空气不好，蚊子多。而且，那儿的人不好，不安全。”这里提到的第一个问题通过对护城河的排污处理已经解决了。很简单，就是把河道打开，铲掉河底的淤泥和垃圾，用蛇皮袋拉走。成千上万袋的淤泥和垃圾被运走了，用于农家肥。在这些烂泥中，我没有看到坊间传说中死于黑社会之手的白骨和被丢弃的婴儿。另一方面，我也看到过小冲突，比如女人打架，偶尔也会遇到小偷。但大多数时候，会遇到小伙子从旁边悄悄过来，推一下我的胳膊，让我看偷来的智能手机，他是想赶快出手，得到现金。

有时，我常常想起夏天回到英国坐火车时，坐在我对面的一位女人所说的话。她把那份《卫报》卷起塞进外套口袋后，就打开了超市购物袋里各种密封的“东方美食”，其中有酱鸭和甜辣味的春卷。我一看就笑了，边说：“真巧，我刚从中国回来。”接下来，我们就愉快地谈起了我在中国的工作以及对那里的初步印象。在她声音放低时气氛就变了："但就你的情况而言，你肯定……我怎么说呢……看不到中国人生活中不好的一面，那里发生的好多事你都不知道。"出于礼节，我说那里确有让人生气和不舒服的问题，但不管怎样看问题要实际。仅仅在一百年前，中国还是一个封建国家，百分之九十以上的人是农民，他们要是胆敢剪掉象征自己被奴役的辫子就会被当众斩首。在英国也有很多一旦披露便会引起民愤的事，我们还不是刚刚经历过议员们乱花公款的大丑闻，人们对我们这个制度的信任已经降到了最低点。我们的谈话就这样继续着，我婉拒了她再三要给我的春卷。我知道在陕西，"甜"和"辣"并不相融。尝一口正宗的关中辣酱，实际上足以辣掉西方人的牙。更悲催的是，当地有句口头禅："先辣前门，再辣后门"，意思是说先辣你的嘴，后让你的肛门难受。英国的连锁超市肯定不敢出售这种风味的食品。

这种像住在象牙塔里的暗讽有时让我生气，不过现在看来就似乎有点滑稽了。不管她所说的"中国现实"是指什么，边家村不是孤岛，也没有与社会绝缘。民众舆论的力量是压制不住的。举个例子，一旦与日本的摩擦触及当地人的爱国热情，愤怒的情绪就会显而易见。2012 年秋，当日本宣称钓鱼岛属于他们时，边家村街道两边的两家快餐连锁店门口就展开了爱国热情的比拼。卖凉面的餐馆在其前门里面立了一块塑料标语牌，上书"钓鱼岛自古以来就是中国的领土"。而清真饺子店（就是“龟壳货车人”上班的地方）则为了胜过对手，打出的旗帜是坚决抵制“小日本鬼子”。

虽然我们的校园一直很安静，很安全，但在这片“城市绿洲”中也还是有变化的。2012 年 10 月，为了迎接西北大学百年校庆，学校实施了一项宏大的翻新工程。对 12 层高的科研大楼做了一次外装修，大约有 25 万个托架被打进了墙缝里，这为大楼的新“面孔”提供了支架，用有大理石效果的瓷砖代替了以前已经显得有些寒酸的卫生间瓷砖。一座仿佛崭新的大楼在脚手架和防雨布中崛起，而我住的楼却依然是老样子。这还不够，为了给更大的树腾地方，一排排被认为是长得不够快的小树被连根拔起。这些都是为了取悦来参加校庆的外国显要人物。至于承包商的利润有多大，人们只能去猜了，要是他们能把这些枫树和银杏树移植到另一个地方，然后再循环出售，那其中的利润肯定是无穷无尽的。

对校园的绿化直接影响了我周围的环境。一天，我们楼前草坪的对面突然出现了一些东西，在灰暗的光线下看上去像鼹鼠丘或牛粪堆。到了晚上，那里一片片裸露的土壤就被栽上了牡丹和来自新西兰的桫椤，仿佛这些东西都是直接从“侏罗纪公园”里移植过来的。为了锦上添花，他们对每一片茂密的草坪都进行了修剪。

对这种拔苗助长式的发展，外国人的看法不一。虽然自负的工会常常维护工人们的权益，说哪些活可以干，哪些活不能强迫人去干，而且还有各种各样的健康和安全条例，但中国人总是有办法用西方人难以相信的速度“完工”。另外，让“大楼”堂皇靓丽并不一定就意味着新装修的设计美观，或者是有更高的审美价值。此地的文化遗产积累远远超过今天单调的建筑。每一次开挖新地基，学校博物馆就会为自己的展览得到更多的藏品。就这样，公元八世纪的“实际寺”（又名温国寺）遗产得以重见天日，而其遗址早已被人瓜分，做了他用。

陕西话之乐

对于我来说，“实际寺”不仅是个名字，是个古遗址，还有说不清楚的传奇故事。玻璃展架上被保护起来的菩萨雕刻就出土于遗址区。但对我来说，这些文物与陕西博物馆或更新一点的西安博物馆的文物一样没有特别的吸引力。说实话，只有一两件展出的文物，可以真正地揭示几百年前把足迹留在这里的人的日常生活。例如一个一千多年前的棋盘：我窥探棋盘上那一个个构成方块的十字线，好像看到一只戴着宝珠的手腕在思索着下一步的走法，一旦有了定夺，象牙做成的棋子就按布阵活跃起来，拿棋子的修长手指犹如垂着的人参根须。

我的一位朋友兼同事是个有名的画家，号“实际寺老衲”、“长安癫痴坊主”。他不大关心有关唐代僧人早上不诵经时会做什么。他出生在今天被称之为长安县的地方，其工作可以说就是孜孜不倦地探索文明的基本要素和民间文化。虽然他对自己的“秦腔”（陕西方言）研究颇为自豪，也喜欢在路边的小店开怀畅饮，他画的释迦牟尼和观音的画像装点在许多寺院的墙上，给这些寺院增光添彩，现在多个寺院里都有他优雅的壁画作品。在他看来，任何一个想真正理解关中活态遗产的人都得懂一点当地的方言——陕西话。对外地人（包括外国人和陕西以外的中国人）来说，陕西方言听来有些怪。这是因为陕西方言中的四个声调中有三个和普通话不一样，普通话发去声（四声调）的，陕西关中方言发阴平；普通话发上声（三声调）的，陕西关中方言发去声；普通话发阴平（一声调）的，陕西关中方言都发轻声；只有普通话发阳平（二声调）的，在陕西关中方言仍读阳平。当地人都宣称陕西方言是更纯和更雅的汉语。这只是一方面。“长安癫痴坊主”曾对我说，陕西方言里的一些话并不是从汉语衍生而来的，可以上溯到古“丝绸之路”那些岁月，当时长安和中东的贸易往来繁多。如“克里马擦”（意思“快”、“迅速”）就是外来语。

陕西的方言历史悠久，让人感触颇深。两个出生在同一个地方的人见面会互称“乡党”，意思是说他们是同一个村或同一个镇的人。他们很亲切地称自己的妻子为“屋里头的”，“里”就是说她的活动范围在家里面。这有点像英国俚语中的“家内”（her indoors）。

陕西方言中赞赏和损人的话都很有味。“嫽”一字就独具特色，意思是特别好。“嫽”这个字的确历史悠久，西汉学者杨雄说“嫽”就是娇美的意思，而《诗经·陈风·月出》中就有“佼人嫽兮”，即美人多漂亮啊！如果说很好，就会说“嫽扎咧”。特别是在饭馆吃的好或是路边的摊子生意不错时就会说这话。要是不舒心就说“物素”(不好吃)，介乎于二者之间就说“罢了”。

陕西方言骂人的话也很有特色。和其他地方的骂人的话一样，这类话有稍显粗鲁的，也有下流到不能见诸文字的。最常见的一个字是“二”，要是一个人很鲁莽，做事不计后果就会被人叫作“二杆子”。说一个人反应慢、迟钝就是“瓷马二愣”，很像英语中说人笨时的“as thick as two short planks”(二扳子)。

在日常生活中，陕西人爱用“瓜”来开玩笑。而“瓜”这个词，虽然是玩笑话，但不一定都具贬义。孩子不聪明，不论男女都可以叫“瓜娃”，女娃有时则被称为是“瓜女子”。当然与“瓜”有关，更难听的话很多，每天在西安的街道都有耳闻。这个词的宽泛足以让关中的学者和作家写文章来探讨，就像鲁迅曾经写过《论他妈的》的一样(“他妈的”是普通话中常见的粗语)。要是中国有国骂，陕西当然也应该有陕骂了。“瓜”再上一个台阶，就是“扎势”，有点像英文中的chav(炫耀)，意思是指穿高档服饰，瞎招摇，没有品位。人们会骂这种人“纵然你身上穿的是巴宝莉，屁股上套的是李维斯，再‘扎势’也是个农民”。中国正逐渐繁荣，社会意识感强，因此这样的说法（嘲讽暴发户）才流行起来。

陕西方言现在已变得好理解了，对于并非西安土生土长的外地人来说，日常生活中也可以融入陕西方言。西安交通大学出版社出版了一本《西安话》，作者伍尚永是在西安北郊长大的作家兼广播员。这本长达450页的陕西方言历史指南附有词条部分，用普通话将上千陕西方言和习语做了注解。要求不那么高的人可以看西安出版社出版的《摇滚陕西话》，胡捷和王思琪主编，唐娜和饶涛分别作了英语和日语注释。此书的每一页讲一个陕西方言词语或一句陕西话，并附有生动的、实用的例句。这本书不大，便于携带。

商人们搭方言的顺风车也不足为奇。几年前，一家名为“就是西安”的公司推出了一系列产品，包括徽章、棉布购物袋、铅笔盒、开瓶器和明信片等，每一件商品上都印有一句陕西话。要是给当地的朋友送一个“没麻达”(没问题)或“胡然”(胡扯)的纪念章将会是一个多么有趣的礼物啊！这类商品在西安的回民街有家专卖店出售。书院门零售店里至少还有一个柜台出售由唐代艺术工作室制做的类似产品。该工作室有很多此类产品，我2010年秋天去那儿时，就学到了一些陕西话。

我学陕西方言的地点主要是在很拥挤的公交车上，因为我经常在城墙旁边的住处和南郊之间往返。以前为了学新词，我都是仔细看车上的广告，而现在被《摇滚陕西话》一书一下子吸引住了。在众人的脚步声中，在汽车的刹车声中，自动报站系统会机械地喊“到了”，我这种公开的学习方式似乎一开始就让大家对此不足为奇。

我以为大家对我在车上学陕西话不感觉奇怪，但这种想法在一个冬天的晚上顷刻间消失。

一天晚上，我挤上了一辆异常拥挤的311路公交车，黑礼帽遮住了大半个脸，下巴懒洋洋地垂着，给人的感觉像是睡着了。不久，我注意到在我的前面站着一个中年人和他的两个女同伴，手抓着栏杆在说话。“又是那个戴帽子的老外，”中年人对他的同伴说，“他常坐这车，你知道我前天看到啥了？他手里拿着一本陕西话的书，被翻译成了普通话、英语和日语。”那人一边说一边伸出手指数着，“现在老外咋对这感兴趣？”

被人认出来不是坏事，实际上，这反而鼓励我更加大胆地带印有陕西方言的东西。工作日的每一天，我都会提印有不同字的“就是西安”购物袋。一天提的是“肉夹馍”，引来许多人友好的笑声，另一天提的是“羊肉泡馍”，再过一天提的是“克里马擦”(迅速、快)，大多数人一看到上面的字就大声念出来。到最后一天这笑话就淡了，当我提着“谝含传”时，几个陌生人就凑过来对我说中间的那个字印错了。要是手里有笔，我敢肯定这些人很乐意改错。

对陕西话的逐渐精通使我能够听懂陕西人民广播电台播放的相声和当地“黑萨”乐队演唱的情歌。他们的演出断断续续。听这些节目还有个额外的好处，就是将生活中有趣的一面变成爆笑的放松娱乐。一次，为了抄近路，我换了一辆公交车，司机猛踩刹车，并从座椅上跳起来气喘吁吁地骂了一句“腾狗子”。车上的其他乘客都皱皱鼻子假装没听见，只有我忍俊不禁。迄今为止，最能检验我陕西话是否有进步的地方是在边家村校园的一家小商店里。

有一次排队买水果，我前面一个丰满的女人，把身子倾向柜台的张阿姨，脸色平平的问：“我的钩子多少钱？”[①] 我一下子笑喷了。后来我才发现她买的是后面有胶可以粘在墙上的塑料挂钩。

我的一个江苏朋友讲了另一个稍有不同的故事。15 年前，当她第一次作为本科生踏进这个校园的时候，她不懂为什么班里的男同学老是在后面小声议论同班女同学的“钩子”。而我能听出这句话的意思当然意味着我已经开始融入西安人的生活了。

① “钩子”谐音同“沟子”，关中方言中“沟子”指屁股——译者注。

第二章

陕西美食

这些年，朋友和亲戚最常问的一个问题是：“你在中国不得不吃的最怪食物是什么？”其次就是“学校允许你和学生约会吗？”第一个问题里的“不得不”说明他们对我在饮食上是否勇敢是缺乏信心的。也许他们想象的是电影里的那种饕餮大餐：中国人在滋滋有味地吸着猴脑，咂着螳螂或其他难以启齿的佳肴，而旁边的外国人则是惊愕的看客。

事实上这几年来，让我讨厌的食品没几样。我越来越粗的腰围证明了我完全和当地人一样在享受着陕西美食。在西安时曾发生过两件最尴尬的事。一是我的部门领导想一石二鸟，给我找个免费的汉语老师，同时将她培养成我未来的妻子。起初我和一位来自咸阳的著名电视节目主持人相处过一段时间，她为一家省级电视台不定期主持家庭美食节目。这本来是件好事。

我在此称她为“ZZ”。她经常开着闪亮的黑别克，放着周杰伦最新的CD，带我逛城里的公园和湖区。她一直在给我讲记忆的方法，告诉我掌握汉语四种声调的窍门，这还可以接受，但我最后还是害怕起了每一次和她吃饭时上的菜。她说其实吃鸡爪和吃鸡翅差不多，这让我很难接受。虽然我永远不会分享她对颇有诗意名称的“凤爪”的爱，但我们还能相互容忍。她坦言道，在法国拍外景时，她适应不了红葡萄酒，也不是特别喜欢法式糕点、糖果、泡芙和其他太甜的东西。

有一天晚上，我们和她的三位高中同学在高新开发区聚会，那三个同学是从渭河对面赶来的。一系列可口的凉菜上来之后，服务员端上来一个吱吱响着、冒着呛人辣椒味的陶瓷汽锅。锅盖打开后，ZZ说这就是大家最爱吃的“三宝”——炖乌龟、蛇和鸽子。桌子上的玻璃转盘在慢慢地转动着，每个人依次夹一块爬行动物或是两栖动物。她们的选择对我来说过分了，因为那只乌龟是一只长着红耳朵、带着龟壳的淡水龟，有显著标记的脖颈还连在一起。蛇的骨肉弯成了一块块的弧形，吃的人用牙就可以剔掉那些天然的蛇刺。

当汽锅朝我转来的时候，我开始发抖，随之引起了胃痉挛。大家都看着我，我的筷子在汤里翻着，特别想找一块乳鸽。这个“任务”终于完成了，鸽子腿在我碗里的米饭上面放了好几分钟。突然，ZZ拍了拍手，服务员过来端走了几乎还没有碰的主菜。随后她解释说："汤里放的辣椒太多，让人怎么吃？"

几天后，我对领导讲了这件事，她也感到惊讶，说："天哪，她们可都是关中人，不是广东人，她在想什么？"关中人有一句老话，说广东人"有腿的，除了桌子什么都吃；会飞的，除了飞机什么都吃。"但这并没有影响她在春节时邀请我和ZZ及家人聚会。这次她们选的地方引起了我的怀疑，她们没有选择城里的四星级饭店，而是选了一家周围环境更为静怡的生态饭店。那是一个巨大的温室，里面有仿拟的热带雨林，四周围绕着用餐的包间。塑料棕榈树和没有异国情调的室内植物显得很滑稽，更不用提那些满是金鱼和朱文锦鱼的小池子，而水池中本应出现的是亚马逊河里吃肉的水虎鱼。

我在等ZZ手机短信通知具体包间的时候，大堂总管招呼我走过一座绳索桥，来到大厦的后面。"要是有你喜欢的，就告诉你们的头，"他说，"都可以安排，没问题。"我不知道自己是想要一份鸡尾酒的菜单还是想要几份甜点，抑或是其他什么。这一次的见识后来证明是货真价实的热带物种现成品。我对在当地超市的鱼肉橱窗里可以见到的鲇鱼、乌龟和牛蛙（当地也叫田鸡）已经是见怪不怪了。但这次看到的水池不同，水池的一边是有紧贴水池内壁的大蜗牛，另一边是有懒洋洋乱爬的海蛞蝓。餐桌中间的摆设是个用一堆碎冰拼成的冷盘，还没来得及认全上面被切成片的东西，我就又被吓得屏住了呼吸……我看到了半条短吻鳄鱼，那鳄鱼从腰部被切成了两半，下半身可怜地被放在冰上，尾巴朝地上垂着。

我站在那里，不知道它的头、前腿、身子都到哪里去了，是不是剩下的就不给我们上了。手机响了，是 ZZ 发来的短信，由于手机里接收的新年问候太多，她的回复延迟了 20 多分钟。这刚好为我的离开提供了理由，也提醒我对领导说我今年的新年决心是发誓吃素。

笔画最复杂的汉字

前面的这一小段话纯属虚张声势，总体说来，陕西人的饮食习惯还是很保守的，符合西北人的口味，爱吃辣的、咸的和油腻的食品。虽然在过去的 35 年来，食材和菜肴的花样变化巨大，但有些当地特色依旧被保留了下来。如很开胃的锅盔——一种面饼，形状和大小通常像锅盖。锅盔一切开，就会冒着热气，裂开一条缝，可以往里面放辣子。这对于外地人来说还不算什么，有的小店会为顾客准备一碗碗的蒜瓣，吃生蒜净化口腔。人们不多吃甜食，猪肉仍旧是吃得最多的肉食品。

爱吃猪肉没什么奇怪。在乡下，除了家里穷或者是信佛吃素的人，家家都会养猪。养 12 个月，猪长大了，就把猪一杀，准备过年。猪身上的每一个部分，从耳朵、蹄子到尾巴都可用作食材。实际上直到今天，一个本分的乡下女人还得有肉少但却吃得时间长的本事。关中平原西部的岐山县被誉为臊子的发祥地，臊子是当地人吃面的普通作料。臊子里有精肥肉（肥肉和瘦肉一样受人青睐）和其他的材料，如醋和辣椒。会不会做臊子面可以看出夫妻的婚姻是否和谐。辛劳的丈夫回到家里不一会儿，满脸笑容的妻子就会知趣地伸手到橱柜里去拿肉。

外省人第一次看到这个城市的菜单有可能感到迷惑不解。在中国，通常人们说“肉”就是指“猪肉”，前面加一个字来指其他动物的肉，如，“牛肉”和“鸡肉”。西安人略有不同，他们把猪肉委婉地叫作“大肉”，出现汉字“猪”会被认为是对穆斯林的极不尊重，所以在市区里不会出现“猪”字的标识。根据这一约定，边家村的人即便不认为这里是乡下，也一定会认为属于郊外，因为其西北角有一个餐厅叫“白鹿原猪蹄坊”。餐厅的招牌菜——如其店名所示——是一盆热气腾腾的猪蹄。猪蹄炖的时间很长，只要将盖着的保湿毛巾揭掉，那古铜色的猪皮就会从骨头和软骨上往下滑。

作家陈忠实坚信，一个地方的食品能保持和彰显这个地方的精气神。他经常在自己的散文里提到当地的美食，并详细讲解做法和所蕴含的意义。他的《打搅团》一文就显示出他因自己的乡土出身而骄傲。

对他来说，关中的家乡饭就是一大碗“搅团”，这是一种面粉与水混合的糊糊，就像是很稠的粥或是没做好的豆腐。从“搅团”的样子就可以很容易地看出来要达到合适的稠度并非易事。陈忠实将做搅团的过程浪漫地看作一次让夫妻二人一起挽起袖子干活的机会。他在文中描绘了在家里“打搅团”的情形：

把新磨下的苞谷面，在滚开的铁锅里面抛洒，一边撒着，一边用木勺搅动。顺时针搅一阵子，再逆时针搅一阵子。苞谷面再顺时针一把一把均匀地撒下去，不匀则容易结成搅不开的干面疙瘩。灶锅底下的火不能灭断，灶下大火烧着，锅里撒着搅着，紧张而又热烈，一般均需夫妻二人同时搭手默契配合，才能打出一锅好搅团。搅团这种饭食的操作过程，常常可以看到农村夫妻的温情和爱意。夫妻间闹了气儿，男方或女方企图想结束冷战状态，便会提议打搅团。在灶下和锅台上夫妻的紧密配合中，搅团打成了，夫妻也就重修旧好了。

——引自陈忠实《打搅团》

然而，围绕这道美食的神秘面纱不堪一揭。叶广芩是北京人，是满清皇室的后裔，她曾让陈忠实为她介绍正宗的陕西搅团。陈忠实记录她对搅团的反应是：

不料，我等吃得满头大汗口香腹胀仍不想丢碗筷，叶氏却一脸茫然，感叹：“我就一种感觉——猫吃糨子嘛！”

——引自陈忠实《打搅团》

搅团谈不上是美味，最合适在家里吃，吃的是陈忠实描写的那种气氛。

不论是在这篇还是在其他散文里，陈忠实的确是说了大实话——老百姓的心思其实不在美食上，只不过是感受一种家庭氛围。在这篇散文的结尾，他写到在离开灞水河岸后，一时吃不上搅团了，然而：

> 过了几年，却想吃搅团了，真是不曾料到。随着年岁递增，对这种曾经厌腻透了的饭食更多了一层回味与依恋。
>
> ——引自陈忠实《打搅团》

在另外一篇散文里，陈忠实阐述了陕西人与面条（另一种用面粉制作的食物）的紧密关系。小麦和稻谷比起来，是一种比较“懒”的作物。在陕西，只有到南边，如汉中的洋县，人们才能看到水牛拉着犁在稻田里耕耘。生活在黄土地上的当地人只有到了收获的季节才忙活。陈忠实也描述过小麦面条的韧性与关中人的韧劲是何等的相似。法语里有一个形容这种情形的词翻译过来的意思是“风土”（terroir），指的是从一个地方的景色和地形出产的作物和饮食，可以看出这个当地人的性格和生活方式。所有的乡下人，不论来自哪个国家，都有这种体会。我是在英国约克郡的沃尔茨长大的，我常常会想起那里因为以前的贫穷而衍生出来的普通食谱。我的父母亲可以做到几乎每天有肉吃，我们的面粉主食是约克郡布丁，这本来只是一个开胃菜，但桌上的主菜太少时也可以让孩子吃饱。做法是把面粉、鸡蛋和牛奶调成糊状，用猪油慢慢炸。这些东西都很便宜，重点是味道有点像日本的“鲜味”，会让人不去想肉，因为味觉早已被先前的开胃品调动起来了。

英国其他地方的人小瞧约克郡布丁，将其当作是烤肉和蔬菜的配料，并不知道约克布丁曾经给辛苦干活的农夫提供了能量。我高兴的是中国人展现自己饮食文化的方式富有想象力。面条在人们心里的位置极其重要，以至于面条一跃成为娱乐节目中的主角。2011年，“英国达人秀”在中国的中央电视台播出后，出现了各种各样的模仿节目。每个省都在选拔当地的达人，经过剪辑的集锦节目成了挂在城市公交车小电视里的热门，也成了大学校园里户外大屏幕的定期焦点。很多达人不再训练让小狗翻跟头，或者表演完美的人体柔术，而是展现传统的技巧。表演陕西拉面的人虽败犹荣，他先是毫不费力地捶打一大块面团，又搓又揉，面团变得柔软。最后进入了拉面阶段，把面团叠起，拉成比翻绳游戏更复杂的线条。他把手中的面团魔术般地拉成一团有164根的面条时，他的助手上台，帮他把面条托起，面条长度惊人，足有八米长，而且没有一根是断的。虽然台下掌声一片，但这位厨师的风头还是一晃就过去了。接着上台表演的是“刀削面”，只见那厨师抓着一块枕头大小的面团，随着手腕的快速转动，用一把削刀把面片削飞进几米外的一个碗里。显然，评委认为这一功夫在厨房之外没什么用处，于是就按铃让他落选了。

各式各样的现成手工面一直是西安人的最爱，这不难理解。当众多市区单元房的厨房里连拴猫的地方都没有时，何谈有更大的空间来干其他事。用一点零钱就可以在大多数巷子里买到一把生面条，价格和买一袋干方便面差不多。然后把面条煮好，浇上西红柿炒鸡蛋即可，油泼辣子可随意添加。我的医生王军是个来自陕北榆林的单身汉，他一直对我说，要是我不吃米饭，而是每天吃一顿面条，我的身体会更棒。他还给我讲过，他父亲经常骑着自行车在老城里转悠，然后带回现成的面条，在炉子上一煮就是午饭了。就像陈忠实和他的搅团一样，那种单一的让人曾经厌腻透了的饭食给人的反而多了一层回味与依恋。

陕西人吃面的速度让人惊讶。关中方言中，形容“吃”和“打”的是同一个字，由此可以推断出为什么他们吃面如此之快。面只要一端上来，就会以像吸尘器吸尘一样的速度消失，不一会儿就没影了。吃面时有时不出声，有时出声，出声时会让一个英国人觉得很不合礼节。

夸张地说，关中平原的各个县都有自己独特风味的面食，做面的花样不下几十种。西安西南边的户县，就以户县软面而闻名，端上来的时候汤里有醋、蒜和切碎的蔬菜，而最东边的大荔县则有传统风味的炉齿面。在三原县，有煮熟的面条簇拥成团的疙瘩面，有时面中间插个竹片，吃的时候可以浇臊子汤，或是蘸着调料吃。三原名人，国民党元老和书法家于右任（1879—1964）就特别喜欢疙瘩面，每次从任职的西安回故乡，都以吃碗疙瘩面为快事。然而不幸的是，年过古稀之后，他却再也没有机会保持这种对“风土”的爱好了。由于曾对蒋介石政府效忠，于右任被迫去了台湾，在那里流亡般地度过了自己的晚年。

套用诗人罗伯特·彭斯[①] 的诗来说，“面条一族的伟大首领”毫无疑问当属𰻞𰻞（biangbiang）面。虽然名扬全国，但𰻞𰻞面的做法和味道却算不上特殊，主要原料就是像“裤带”一样的宽面条，基本上是“户县软面”的“亲兄弟”，其名声在于汉语“𰻞”字的复杂笔画上。这个 57 划的汉字是由几个字组成的，现在已是广为人知了。有人说此面的名字源于面团在厨房案板被摔打的响声，但没有足够的实据。实际上，汉语中的拟声词至少在现代汉语中写起来很简单。还有一种流行的说法是，这个字是从古代传下来，经过数代餐饮业主的沿用，一直传到了今天。这种说法也不靠谱，三百多年前收录汉字最多的《康熙字典》里也没有这个字。由于没法写，“𰻞”字与其说是一个迷宫式的结构，倒不如说是一个巧妙的组合字，可以被分割为几个简单的汉字，包括“八”“言”“心”“月”“长”和“马”字等。一首顺口溜可以帮人记住怎样写这个字：

一点上了天，
黄河两头弯，
八字大张口，

① 罗伯特·彭斯（Robert Burns）是苏格兰民族诗人。

言字往进走，
你一扭我一扭，
你一长我一长，
中间坐个马大王，
心字底月字旁，
留个勾搭挂麻糖，
坐上车车逛咸阳。

我个人对𰻞𰻞面来源的解释是，在这个字出现之前就有这种面了，这个字的发明就是为了广而告之、吸引路人眼球。20世纪初，光绪皇帝和慈禧太后从北京逃到西安，给当地的饮食文化带来了一次复兴。令人失望的是，张戎在其为慈禧正名的畅销传记中，将慈禧在西安的这段时间一笔带过了。濮兰德（J.O.P. Bland）和巴恪思合著的《慈禧太后统治下的中国》[1] 因为急于出版没有叙述慈禧逗留西安的相关细节，而其位于北京的编辑也没有打算收集慈禧在西安有关逸事的第一手资料。倒是弗朗西斯·亨利·罗科子斯在其《穿越神秘的陕西》一书中，捕捉到了慈禧对西安膳食不满意时的暴行的例证：

西安两位最好的厨师负责皇室的膳食。从一开始，慈禧太后就不喜欢陕西的烹饪，常训斥和处罚厨师。有天夜里，厨

① 又被译为《慈禧外纪》——译者注。

房着火，化为灰烬。慈禧龙颜大怒，归罪于厨师，令人将他们在宫中院内斩首。

——尼科尔斯著，《穿越神秘的陕西》，第 218 页

慈禧的坏脾气和她的臆想症息息相关。还有一个故事流传：慈禧在观看秦腔表演时，明显感到胃不舒服，就命人上一些她没有吃过的东西。因害怕被砍头，厨师就炖了一锅汤，里面又下了许多小饺子，并告诉了侍者一个故事：吃多少个饺子，代表不同的吉祥含义。这种做法有点像西方国家的中国餐馆里提供的“幸运饼干”。喜欢美味的慈禧太后被打动了，那个厨师逃过一劫，第二天可以活着继续干活了。

慈禧不太可能尝过𰻝𰻝面，发明那个字就是为了取悦她这一说法也不太可能。我凭直觉认为这是某个餐馆老板的花招，目的是吸引那些跟皇家之风的顾客。说到底，一些如西大街的“老童家腊羊肉”那样的店铺生意依旧红火，原因在于他们曾受爱新觉罗家族的青睐。邢维庭题书的“辇止坡”金字牌匾是为了纪念慈禧太后来到这里后，闻到这家的肉香，立即停辇，品尝之后，赞不绝口。这个传说被人一遍遍的传颂，添枝加叶，成了这家不朽的招牌。

早在几个朝代之前人们就在赞誉长安的面了，杜甫的诗《槐叶冷淘》就是在赞美光滑如玉的面条。虽然听起来不大有胃口，但人们可以从诗的结尾推断出，在唐代的达官贵人看来，显示尊贵社会身份的是享受服务的方式，而非昂贵的膳

食原材料。

青青高槐叶，采掇付中厨。

……

碧鲜俱照箸，香饭兼苞芦。

……

经齿冷于雪，劝人投此珠。

……

路远思恐泥，兴深终不渝。

……

君王纳凉晚，此味亦时须。

在有人工冷冻的时代，凉皮如同鸡蛋一般随处可见。夏天的冰曾贵如宝石，因为城里只有几处地方能让从山里采来的冰块保持不化，也许是因为地下水的降温作用。例如甜水井巷拐角的冰窖巷，这里现在已成了住宅区，聚集了大量的理发店和五金店。从这走过，温度显然会下降好几度，路人不得不扣紧扣子或是披上外套。不远处就是一位唐代公主的闺房，墙上的窟窿里塞了很多扇子，在整齐划一地舞动着，宛如古代的空调，为了让光滑如玉的面条保持冰冷而努力着。

新老结合，远近闻名

是“吃面胖，吃米瘦”，还是恰好相反呢？我不太记得这句俗语究竟是怎么说的。如果这说法是对的，那就可以解释为什么英国人除了炒面以外对其他面食不感兴趣。2010 年我去伦敦的时候，苏豪[①] 依旧是旅游者的天下，区内的“唐人街”（和老舍 20 世纪 20 年代在其小说《二马》中的描述一样）还在卖英国风味的“宫保鸡丁”和“糖醋排骨”。饭菜本身并没有什么特色，让人们改变态度的是 20 世纪 70 年代在这里成功开张的“旺记”。多年来，这家店里的服务员因对顾客粗鲁而臭名昭著，他们不说让客人高兴的“请”或“谢谢”，而且还让独自来的顾客和陌生人挤在一张桌子上。更糟糕的是，如果是两个顾客，服务员会问“两位吗？”一边问一边用两个手指直指客人的脸。在英国，这个动作相当于竖起中指骂人。虽然“旺记”的食物在同行中还算不错，但其员工仍不改其粗鲁态度，甚至变本加厉。店里的柜台上摆着 T 恤衫和赞扬本店名气的商品。我想在柜台上卖这些东西的做法在 2014 年餐馆经过重新装修后才逐渐消失。

坦率地讲，其实我的英国同胞真的对中国菜肴的地方风味

① 苏豪（Soho）是伦敦的一个繁华小区——译者注。

缺乏了解。这真是有点让人羞愧，因为英国广播公司曾播放过这方面的精彩节目。至少《发现中国：美食之旅》2012 年就开播了，并曾在其他频道定期重播。该节目的主持人是华裔名厨谭荣辉和很有魅力的华裔台湾主持人黄瀞亿。谭荣辉由于首次将炒菜引入英国而发财。这个节目介绍了从新疆到云南的一系列中国美食，每一集拍摄的都是当地人平时在家里做饭的情景。该节目的收视率一般，不到一年多，和节目同时推出的烹饪著作就以最低价在甩卖了，显然是市场不佳。该书有一两个明显的错误，比如书中说要保存四川的泡菜就得给每个坛子里加半斤白酒（我个人的习惯是只加三小杯，仿效的是《周礼》中“乡饮酒礼”的前三杯）。然而，从这本书被冷落的遭遇，人们也许会问，是不是英国人认为中国人饮食习惯中“挑剔”和“不可思议”的老观念依旧根深蒂固？我的调查进一步证实了这一点。1896 年，一篇报纸上的文章报道了李鸿章出使英国会见维多利亚女王及其大臣的情况，当时的报道如下：

这位前总督自带了四位厨师，因为他从不在外面和欧洲人一起用餐。他接受宴请并出席，但就是不用餐。据说李鸿章每天只吃两顿饭……晚餐通常是在六点半，有十二或十四道菜，由一位心腹随处侍候。主菜一直是烤鸭，其次是新鲜的猪肉，与果酱同食，这在西方的美食家看来有些怪异。然后还有黄瓜、虾，和韭菜、腌黄瓜及蘑菇一起吃。另外菜单上有用酒和醋腌制的嫩鸡加青豆，乳鸽汤加酸肉冻，所有饭菜里还包括松蛋糕和茶。据说，这位让人尊敬的中国人虽然上了年纪，但胃口很好，很少饮酒，只尝一点对他身体有益的饮品。

——《格拉斯哥先驱论坛报》，1896 年 8 月 4 日，

"走过海德公园：李鸿章访问伦敦"一文

这是货真价实的大宴，花费不小。李鸿章的日常用膳，外国人现在只能在四星或五星级饭店里享受到。

陕西美食中更加简单的主食能否进入英国餐厅，或被端上英国人的餐桌呢？如果能成功进入英国餐厅，这会不会纠正英国人对中国饮食的部分偏见呢？问题的答案似乎已经从大西洋的彼岸传了过来。紧随着川菜和湘菜，多亏了"西安名吃"（Xi'an Famous Foods）这家店，纽约的餐饮界已经开始迎接"八百里秦川"的佳肴了。该店于 2005 年在纽约皇后区法拉盛黄金商场的地下小吃城开业，占地大约两百平方英尺。两位业主是西安出生的石戴维和他的儿子王杰森，王杰森八岁时随父母移民美国。现在这家店在曼哈顿有六家分店，在布鲁克林和皇后区各有两家分店。媒体和大众对这家店好评如潮，安东尼·波登[①] 的电视美食节目曾介绍过两次，其评论是"太让人惊讶了，那面条像毒品，我都上瘾了。"起初，我们怀疑正宗的陕西美食能否在国外"开花"。由于我没有合适的机会去

① 安东尼·波登（Anthony Bourdain）是美国著名的美食节目主持人和制片人——译者注。

美国，五年前，我招募了几个老资格代理人。国民党将军何文鼎的孙子出生在美国，他替我到市中心的“西安名吃”去品尝午餐。他们的评价都是正面的，只是说从泡馍到汤，每道菜中都有大量的芫荽，而臊子显然为了迎合外国人的口味，做的有些淡。不管如何，感谢互联网，这家店的成功传遍了全球，对想在国外发展的西安餐饮老板也是一个不小的鼓舞。

我撰写此文的时候，关中美食也正在如溪流一样向英国的繁华角落流去。伦敦的“老常家面馆”是一家有名的河南人餐厅，坐落在布鲁斯伯利英国图书馆附近，里面不时也供应一些陕西小吃。还有“韩穆杰”，是一家穆斯林连锁店，在尤斯顿有店。最新的竞争者是位于伦敦霍洛韦区本维尔大街的“西安印象”，迄今为止该店菜单最全。西安出生的大厨魏桂荣（音译）烹饪技术很好，她曾在伦敦的川菜馆“水月巴蜀”学艺多年。她拿手的特色食品有：红薯面（5.80），西安肉夹馍（3.5），黑木耳（4.80），排骨（6.80）（2015年10月价格），都深受好评。批评家汤姆·帕克·鲍尔斯[①]在为2015年10月17日的《星期日邮报》撰文时的标题是“让人嘴唇抖、感觉辣、吃声响、满头汗的面条”。他在报道中说，魏女士让他成了“肉夹馍”的真实粉丝。他对“肉夹馍”的描述是“肥油点点，酥软撩人，茴香味浓”。提到木耳时，他说这对英国人来说

① 汤姆·帕克·鲍尔斯（Tom Parker-Bowles）是《星期日邮报》及时尚杂志 *Tatler* 的饮食专栏作家，兼任电视台饮食节目主持，也是是英国王储查尔斯妻子卡米拉与前夫所生的长子——译者注。

绝对是一种新奇的食品。帕克·鲍尔斯颇有诗意地赞颂道："黑木耳，真神奇，冷如冰窖，纯净如朝露。滑溜溜、软绵绵，有点像海蜇。"

英国网民对"西安印象"的反馈主要也都是正面的，同时也注意到如同纽约小吃店那样，"西安印象"的潜在顾客群远远超过店里能够容纳的人数。"西安印象"实际上毗邻酋长球场[①]，和当地大多数小吃店一样，每逢阿森纳足球俱乐部的主场比赛在此举行，这里就会挤满了人。在经常拥挤的空间里，顾客喜欢"西安印象"简朴的装饰。店里没有乌木屏风、东方情调的绸缎窗帘和南瓜灯。魏女士崇尚的是一种干净的现代装饰，唯一展示的是"陕西十大怪"字样。我个人觉得，这种环境实际上能让顾客在自己的家乡更有品尝西安风味的感觉。行家们会说，西安鼓楼南边竹笆市的"樊家肉夹馍"是最正宗的。和伦敦的"西安印象"一样，这里整天人来人往，主要是因为美食实在，而不是为了慕名。店里的塑料座椅和夹馍效率很少让人想起这一小吃的浪漫传奇，这里也出售提前包装好的炖肉。

我对陕西美食最大的希望之一，就是能把美食与其背后的故事一起介绍到国外去。英语里没有与汉语"饮食文化"相对应的词，所以人们不理解中国人为什么珍爱传说和传统，即便是最普通的食物都有其历史、制作和吃法上的传统。

① 又叫埃米尔球场和阿联酋航空球场——译者注。

就拿外国人最容易接受的肉夹馍来说，我听不惯有人称其为“中国汉堡”，这会让人误认为肉夹馍有点像现代商业化气息很浓且宰人的麦当劳。肉夹馍的花样很多，但最主要的形式是扁平的饼子夹剁碎的炖猪肉（而不是像汉堡那样夹肉片）。有关饼的历史可以追溯到秦始皇时期。但谁也没有想到，可以把饼切开加上东西变成一种快餐。其来源依旧是个谜，常见的解释是今天依旧很红火的“樊记肉夹馍”提供的。

据说在好几代人之前，樊家从一户穷人壮大成一个大家族，并在城里有了立足之地。有一年，陕南发洪水，有个年轻人为了尽孝，回家安葬自己的母亲，向樊先生借钱买棺材。十几年过去了，那位借钱的人经营肉铺发了财。樊先生八十大寿的那天，他不仅还了樊先生的钱，还给老人家带来了感恩的寿礼——一副雕花寿材，中国人认为“寿材”意味着“长寿发财”。

蒙天保佑，樊先生果然非常长寿，于是将棺材贮存在了外屋。不幸的是，樊先生官场失意，被罢了官，去世的时候几乎一穷二白。夫人为了安葬他，不得不变卖家产，就把那副棺材抬了出来。让她惊讶的是，棺材里装了五百斤卤肉。由于棺材密封良好，再加上卤肉四周有花椒，肉没有变质。这消息一传十，十传百，出于好奇，人们蜂拥而至前来买炖肉，不久肉就卖完了。随着鲜肉的放入，后来的肉就更有味道了。这个故事给我们说清了为什么“肉夹馍”里的肉是炖肉，而不是卤肉。

我们也许要问：下一个走向世界的陕西小吃会是什么？先排除最不可能走出去的也许更容易。虽然葫芦头在贾平凹和其他作家的文学作品里备受称赞，我却从来没有吃过。这种杂碎汤的主要成分是猪大肠，据说形状像长熟了的葫芦。为了除味，要刮洗干净并用盐水泡，然后再煮四个小时。用慢火同猪的其他内脏一块炖，如果要使汤更有味，还可以加上海参和鱿鱼，吃的时候可以泡饼。即使在这个快餐时代，对于外行来说，单就葫芦头的油腻就让人退避三舍。爱好这一口的人图的是有益健康，因为里面放有桂皮和八角。另外还有一个传说，长安第一家卖葫芦头的人得到了唐代名医药王孙思邈的指点。孙思邈的名气很大，西安城外的“八仙庵”就供有他的神位。

与葫芦头的名号相似的是葫芦鸡，但葫芦鸡就不同了，更符合外国人的口味。如果说西安人因为肉夹馍而宣称是他们首先发明了汉堡，那么他们也可以因为葫芦鸡说他们比美国的山德士上校[①] 早几个世纪就发明了鸡块。这是一道婚宴上的家常菜，在同学和同事聚会的餐桌上出现也不足为奇。这道菜曾经一度被认为是团结统一的象征。1936 年的“西安事变”后，一位姓陈的厨师在“和平宴”上做了这道菜，得到了周恩来的赞赏。这道菜的做法是：选一只约两斤重的鸡，先清煮，再蒸，后整炸。鸡肉皮酥肉嫩，香烂味醇，筷到骨脱，可以

① 肯德基创始人山德士在家乡肯德基州开了一家餐厅，潜心研究炸鸡的新方法。肯德基州为了表彰他为家乡作的贡献，授予他“山德士上校”的荣誉称号。

蘸着小碗里的辣椒吃。要是把鸡的头和脖子当作茎，这道美味还的确像一个大葫芦。如果只是鸡的局部，那就没有了这个效果。西方人喜欢在鸡上桌前就去掉头，这样伸出筷子和挥舞刀叉时，死鸡就不会用斜眼盯着自己了。

第三章

东方一瞥：半坡与蓝田

七丘瞰罗马[①]，八水绕长安。围绕长安的八水是渭、泾、沣、涝、潏、滈、浐、灞，如今半数几乎成了山间小溪，绵延不过百余里。泾渭之水曾灌溉八百里秦川，是农业和水运的大动脉。据记载，渭河当年鳞光闪闪，所以1909年探险家苏道味（阿瑟·索尔比，Arthur Sowerby）陪着“胜家缝纫机”的继承人罗伯特·斯特林·克拉克（Robert Sterling Clark）路过关中时，

① 古罗马七丘位于罗马城的心脏地带，根据古罗马神话，其为罗马建城之初的重要宗教与政治中心，七丘分别为凯马路斯 Cermalus、契斯庇乌斯 Cispius、法古塔尔 Fagutal、奥庇乌斯 Oppius、帕拉蒂尼 Palatium、苏古沙 Sucusa 与威利亚 Velia，故罗马也被称为是“七丘城”——译者注。

都亲眼看到了竹排上的鸬鹚在河里叼鱼[①]，此情此景除了在今天广西美丽的喀斯特风景区能见到外，在其他地方已难得一见。那时陕西的渔夫把鸬鹚从竹排上放出去捕鱼，鸬鹚戴着脖套，叼到鱼咽不下去只能吐出来。要是这些长着羽毛的"奴隶"反抗，不潜水，主人就会解开脖套，喂它几条小鱼。抗日战争期间，乔治·何克骑马走过潼关的时候，这儿还是一片"古代洪荒的乡下"，只有定期泛滥的渭河才能让其免受饥荒。在他眼里，"几百年来的滚滚车轮压得山路沧桑不堪，人们能看到的只有沿途的车顶，泥淖中的村庄和其周围摇摇欲坠的黄土高坡难分彼此。"（见乔治·何克著《我看到了新中国》第二章）

把家园和风景融在一起的单调黄色依旧在那里，只不过现在无须蹲到骡子的高度去看，而可以从铺着沥青的高速公路上朝下看了。西安以东的大多数地方已经被开垦和绿化了。2004 年，为了给七年后要在此举行的国际园艺博览会做准备，成立了一个新的行政机构：浐灞生态区。世园会的举办地是一块 418 公顷的褐色土地（其中 45% 是湿地），此前已经过严格的排污。世园会闭幕后，这里按照先期的计划被转化成了公用场地。花坛里的植物枯萎被拔除，场馆被拆除后，还剩一些建筑物能让人想起这里曾发生过什么。晚上，长安塔分割的塔层闪烁着不同的色彩，灯光一闪一闪地照着开车回城

① 见罗伯特·斯特林·克拉克和苏道味著《穿越陕甘：1908—1909 年克拉克考察队华北行纪》第五章和插图 20。

的司机。

官方期望投资 157 亿元，把浐灞生态区打造成一个绿色长廊，把东郊的工业区和白鹿原与蓝田的铜绿山坡连接起来。这个区绵延 581 平方公里，现保存有 180 个物种，分属 48 科，还有 150 种湿地生物，分属 50 科 27 目。进行更大范围的环境保护，建立可持续发展的未来，这些驱动力把这里谱写得越来越强势。而细究起来，这些地方早就有了其文化底蕴，人文历史也在此谱写了无数层的辉煌。

最早的西安人：半坡博物馆

大约在秦始皇统一中国的四千年前，西安东边平原上定居的是史前的仰韶人。他们的生存痕迹一直掩藏在地下，直到 1953 年，当地人修电厂挖地基时才发现了非常古老的文物。随后的考古发掘速度照今天看来似乎有点快得吓人，就在掀开地面的三年后，半坡博物馆正式开放，陕西人从此可以领略远古祖先的生活方式。官方认为这是现代高效的辉煌成就，当时的照片记录下了这一普天同庆的场面，其热闹不亚于过新年。

一提到半坡，人心里冒出的第一个词就是“怪”。半坡位于距西安城中心九公里外东边的灞桥区。这块大有开发前途的地区依旧是个半农业区。2013 年至 2014 年的冬天，西安地铁的东西线未竣工前，东郊的人有点疏远，城里的人觉得他们怪，而新的基础设施就是要把他们从狭隘的境遇中解放出来。现在坐地铁到郊区的速度是以前无法想象的。要是乘公交车沿长缨东路或其辅道去朝阳门外，十几分钟的车程可能要走半个多小时。长缨东路可以说是弯弯曲曲的水泥路，主要是为了给聚在平地的摩天大厦群让道。而其辅道则通往康复路的裁缝店和服装批发市场，那里到现在还可以定做衣服。

在半坡博物馆的入口，迎接游客的大门出人意料，巨大的拱门仿照的是仰韶人房屋的十字梁结构。同样的特征也出现在博物馆的其他地方，就连混凝土建筑的公共厕所设计也得到了同样的启发。与对原始厕所的想象不同的是，半坡的厕所洁白闪亮，马桶也擦洗得很干净。

至今，在这块大约五万平方米的地方，对史前社区的发掘只有百分之二十。由于遗址周围是现代化的高大马蹄形建筑，这意味着将有许多未发掘的东西见不到天日。游客能看的有三个独立的展馆，即半坡遗址出土文物展，半坡遗址大厅和户外重建的“原始村落”。

博物馆的大厅里很突出的地方引有一句庄子的话“民知其母，不知其父”；“日出而作，日落而息”，这两句话回顾性地总结了半坡文明当时的主导原则。20 世纪 50 年代，考古学家遵循的是马克思主义的历史观，认为这是早期的母系氏族社会。母亲是一家之长与生活的引领者，男人处于次要地位。

毛泽东赞成这种对仰韶人的看法。1964 年在《关于哲学问题的讲话》中，他比较了现代女人的不平等地位和历史上的主导地位。

仰韶人的足智多谋在整个展览中一览无余，他们依赖关中平原这片沃土，种植蔬菜，猎鹿打鱼。在一个仿制的狩猎图中，挥舞着长矛和套索打头阵的是女人，而不是男人。

这块土地也给半坡人提供了制作工艺品的原始材料。当时还没有发明陶工用的陶瓷轮，半坡人创造了泥条盘筑法。用粗细一致的泥条，层层盘叠垒筑，按着渐次增大或减小的规律连接在一起，垒集成所需要的形体。再用湿手将做好的形体抹光。成型后就放进旁边的窑里烧制，据估计窑里的温度可达到 1000 摄氏度。半坡的陶器是深红色，表面有彩绘的图案，包括有最早的葫芦形陶器，博物馆里就有便宜的仿制品。

对于专家和游客来说，陶器表面的彩绘最让人费解。有好多陶器上带有象征意义的模糊的人面鱼纹，展览中的解释有五种：原始信仰说、祖先形象说、权力象征说和巫师面具说，第五种说法不大可信，说这是外星人的面孔，因为仰韶人与外星生命有接触。

半坡人的捕鱼技术很高超，博物馆以精巧的方式展示给游客。来自浐河的一条鱼的脊椎骨被还原到了半坡人的生活垃圾中，博物馆里的人把它绑在了一个做好的木模板上，当年的鱼钩还挂在鱼的嘴里。

其他的特色使我们对半坡居住区的感觉更加鲜活。微缩的模型提供给我们的是21世纪的“佩珀尔幻象”[1]，犹如英国舞台上的魔术师在上演古老的维多利亚时期的景象。在原来的机关中，有一位助手会站在藏在台下的暗门里，台后的一束强光将其身影反射到头顶一块有角度的玻璃板上，这样就好像有一个诡异的幽灵在舞台上飘浮。而在半坡，则是通过电影胶片的连续播放，让演员穿着仰韶人的衣服演绎当时的日常活动。演员的身影被反射，这样，参观的人就感到自己是在一个有塑料房子和树木的微型村子里和当年的仰韶人在互动。

来到遗址被挖掘的地段，游客可以穿过一个宽敞的、犹如飞机库房的空间，感觉和临潼的兵马俑大厅一样。整个遗址大厅从2003年至2006年进行了大规模的翻新，审美感强，与其中的展览内容十分吻合。柔和的阳光透过大厅顶上的孔飘洒进来，在地上形成细长的“眼睛”，形状和半坡人脸上的菱形标志一模一样。

参观这个遗址大厅，我们可以欣赏到两大特色。其一是半坡人居住的房子有一个宽敞的地窖，其二是半坡人的葬礼有其独特的文化价值。故去的男人和女人被埋在村里的墓地里，儿童埋得浅一些，离人们居住的地方很近。孩子没有埋进公墓，也许说明他们还没有被接纳为成年社会的正式成员。据

---

[1] 佩珀尔幻象（Pepper's ghost）是一种在舞台上与某些魔术表演中产生幻觉的技术。这种技术借用一面平坦的玻璃与特定的光源技术，使物体可以出现或消失，或是变形成其他物体——译者注。

说还有可能是因为失去孩子的母亲依旧希望孩子在身边。另外，母亲还期望孩子还魂，因此不能把孩子封死在普通人的棺材里。于是，为夭折的孩子选用边上带有窟窿的陶罐。

除了两个室内展厅，还有演绎半坡人完整的离奇故事的地方。在遗址的后面，有一排现代修建的小屋，模仿的就是原来的村落环境。也许几年前，这里还是实景展示陶艺和其他艺术的地方。茅草屋顶现在已变得破烂不堪，地上是破碗和陶器碎片。点缀这些建筑的是修建时加上去的不协调的标志和符号，与真正的考古文物没有丝毫联系，到处都是生育的图片，如用镶嵌技术制作的胸部高耸的女人。与其说是对对母系氏族社会的再现，不如说是将《金枝》做成了活生生的耽于肉体的神话。

尽管场地提供了在“史前”环境中摆姿势照相的绝佳机会，但却无法摆脱附近周围公寓大楼的影子。旁边的花园可以说是当地最显眼的牡丹园，所以四五月份是欣赏当地户外美景的最佳季节。

虽然半坡文化当时在国外没什么名气，但半坡的确至少接待过一个外国的名人团队。1974 年，法国巴黎《原样》杂志的一群左翼学者按预先设定的路线来访问中国。

中国政府为他们选择的旅程，恰好都是新建的和沿路的红色宣传景点。这个团的人包括符号学家和文学评论家罗兰·巴特，出版商弗朗索瓦·瓦尔，保加利亚出生的心理学家朱丽娅·克里斯蒂娃，她的丈夫菲利普·索莱尔斯以及马赛林·

普雷纳特。对他们来说，这个行程的安排目的从一开始就是很清楚的。

在西安西南的户县，这五人被迎进了一个公社，那里在通过所谓的“农民画”演绎阶级斗争。20 世纪 50 年代画家丁济棠来到这里，鼓励当地人从事独特的农民画创作，他到现在还在西安鼓楼的后面出售他的作品。

今天的户县是长安八水之一、总长 75 公里的涝河源头。走进东韩村，仿佛就是在参观美国加利福尼亚州的一个中上等社区，或者是来到了澳大利亚的阳光海岸。大多数人住的是多层别墅，房间很多，就把有些房间租给游客过夜。装饰性的莲花和灌木丛取代了以前的玉米和土豆，信息栏里展示的是与国际友人的友好交往，包括对著名农民画家潘晓玲的介绍，而不是社会主义的伟大成果。我感到庆幸的是，我单调而艰难的户县之旅并没有受到菲利普·索莱尔斯不停的唠叨影响。在冬天的一个星期六，我们坐在前往农村的公交车上，车里坐满了打瞌睡的各种专业人士，我的朋友洪杰为了逗大家开心，用一副假嗓子读座椅罩子上印的治痔疮的广告。他的小学同学，外科见习医生王大夫从打呼噜中醒了过来，为自己的邋遢连连抱歉：“周末我通常是去歌厅唱歌，或是听我爷爷唱秦腔，但昨天晚上我们做了好几个小时的外科实验手术，为一只公羊变性。不久，我就可以给人做这种手术了。我老师曾留学韩国，有他帮忙我想我的前途不错，你知道在这方面中国比英国强。一个男人要是想变性，就可以花钱改变身份，把自己变成女人，还可以嫁人。”那头公羊一觉醒来发觉自己变成了母羊肯定会大吃一惊。农场也许还没有找到应对凯特琳·詹纳的方法①。我把两腿夹得紧紧的，注意到当地人在厨房里依旧烧柴火，炊烟的味道跟煤烟截然不同。

我想40年前法国左派人士掏两幅画的钱，买三幅农家果园图卷起来带回家，做画框的钱比画本身还要贵。不难想象当地人为什么要把户县和半坡作为一个整体让他们看。吸引心理学家朱丽娅·克里斯蒂娃的是，在半坡人的社会里，女性是主宰者，那么她们也可能负责教育和对文化的保护。在1974年出版的《中国妇女》中，她以半坡为例，推断了女性在原始部落的中心位置是怎样被渐渐取代的。谈到这次旅行的细节时，克里斯蒂娃提到了她兴致勃勃听一位常女士大谈半坡对现代社会主义者的伟大意义。这位自学成才的导游对恩格斯《家庭、私有制和国家的起源》理解得很透彻，她将这里的遗址描绘成一个田园式的社区，还没有被崛起的资本主义腐蚀。

美国汉学家伯顿·沃森也有同样的疑虑。翻译并出版了《史记》和《墨子》20年后，1983年他才第一次来到了中国（他的游记《我的中国梦》中有记载）。当时虽然改革开放势头正旺，但很多的公共话语依旧还没有摆脱教条的马克思主义思想。

和克里斯蒂娃一起听常女士讲解时，罗兰·巴特相反倒

① 凯特琳·詹纳（Caitlyn Jenner），是美国65岁的变性名人，他原名为布鲁斯·詹纳，曾经是奥运会十项全能冠军，2015年做变性手术，变得更加大红大紫——译者注。

是很刻薄。他认为“这位显然不够格但却一脸聪慧的姑娘在这里胡拉乱扯，带有明显的偏见：集体主义、陈腐的唯物论和象征主义的缺失。”但有些话是对的，我们现在可以嘲笑当时那种笨拙的把仰韶文化和20世纪的中国农民相提并论的时代错误。罗兰·巴特反感的一幅彩图（现在已不展出了），描绘的是“原始的篝火聚会”。在这幅图中，有一个女人正挥舞着手指、盛气凌人地讲话，再造了女性为村里领导的情景。

离开半坡的时候，每个外国游客都得到了一个木鱼作为礼物，大概就是仰韶陶瓷上的标志复制品。由于不懂汉语，罗兰·巴特也许不明白“鱼”这个汉字的双关寓意（授人以鱼意味着祝福多多）。在陕西，就又多了一层含义。唐代的时候，通常只有显赫的外国人才能有此殊荣。

如今，半坡已经毫无争议地成了大众文化的一部分。一本畅销的童话书《陶罐里的女孩》就是以仰韶社会为背景。这个故事对外国人来说有点恐怖，童话的主人公是半坡村里早夭的一个女孩，她在书中给现代的读者讲述自己短暂的一生。比这意义更重大的是，半坡对2008年奥运会的标志也有启迪。博物馆里的售货员都会抢着对游客讲，奥运五环边上的彩色福娃，其面部特征就来自于半坡的面具。因而，可以说最现代的奥运会把中国历史上最古老和最难以捉摸的篇章呈现给了世界。

蓝田县与《白鹿原》

沧海月明珠有泪，

蓝田日暖玉生烟。

——（唐）李商隐

李商隐诗中对蓝田的描述，在我看来是唐代长安最激动人心的诗句。与他同时代的诗人描写的都是首都的欢宴、军事题材或思乡情，他不是这样。诗人李商隐的沉思在大山里，他想象着当地丰富的矿物资源甚至可以穿过地表的覆盖而昭示自己的存在。

蓝田的大山实际上并没有玉石的光环。踏上沪陕高速，穿越缓缓的灞河水流，汽车司机并不会自然而然地像斯皮尔伯格导演的《第三类接触》中的场景一样，来到一个光怪陆离的外星人芳草地。但不管怎样，不论从哪方面讲，蓝田的声誉来自于地下。1963 年，在陈家窝村和公王岭出土的两具蓝田女性直立人化石至少有 50 万年的历史，从半坡夺走了陕西人类最早定居区的桂冠。挖掘发现的蓝田猿人下颌骨和头盖骨保存在陕西历史博物馆里，但在靠近化石被发掘的地方，有一个不起眼的展厅，纪念这些旧石器时代的女人。她们用的工具和岩屑都被放在玻璃罩里，旁边标语牌上写着这一被拉丁语称为“直立人蓝田亚种”对人类的意义。

李商隐没办法知道大山地下有猿人祖先化石，他知道且引以为豪的是蓝田产玉的美名。坐公交车不到90分钟，就可以从西安城赶到产蓝田玉的中心地带。每一家门面铮亮的店铺陈列的都是大致相同的手镯和璧（装饰性的镂空盘），所以这里不是买首饰砍价的地方。既然如此，对于那些跋涉到陕西，吹嘘见过大山玉生烟的人来说，这件事本身就比买玉还重要。有一次我去那儿，午饭被一家江苏人打扰得没法吃。他们用牙咯吱咯吱地咬玉饰，并坚持用手镯划餐桌上的玻璃转盘，向人展示自己买的玉是真的。

说到选玉和谈玉，中国人和西方人在这方面有很大的文化误读。在西方，据说玉只有两种，那就是软玉（而中国人叫硬玉）和硬玉（翡翠，中国人叫软玉）。其他十几种带有汉语“玉”字的矿石都被认为是“假玉”，虽然硬度和透明度有玉的特征，但还不能称之为玉。蓝田玉的摩氏硬度为2—6度，含有大约50.75%方解石和49.25%叶蛇纹石以及云母一样的微量元素。蓝田玉细分为五类：白色大理岩、浅米黄色蛇纹石大理岩、黄色蛇纹石大理岩、苹果色蛇纹石大理岩和条带状透闪石化蛇纹大理岩。蓝田玉表面的韧度和经久耐磨的性质使其成为制作吃喝用具、按摩球、砚台以及雕刻其他艺术品的上等材料。陕西历史博物馆里收藏有125件蓝田玉器，大多为日常用品，属于大约公元前2000年的神木石峁龙山文化。

据说，唐玄宗最喜爱的妃子杨贵妃对蓝田玉情有独钟，这不是没有可能，因为这二人的许多缠绵时光就是在附近的华清池消磨的。杨贵妃总是用玉泡的水洗脸，或者是佩戴“冰花芙蓉玉”，相信蓝田玉可以使她的肌肤娇嫩。其原理在于蓝田玉是一种被温泉浸泡的矿石，有抗菌、消炎和美肤的作用。在历史上有很多女人，甚至在今天还有人在梳妆台前模仿她的这一习惯。有关蓝田玉的开采资料更早，在《汉书•地理志》中就有美玉“产自京北蓝田山”(京北就是今西安北)、“蓝田，山出美玉”的记载。据传说，古典作品如《韩非子》中提到的“和氏璧”，曾经是交换十五座城池的砝码，就是蓝田玉中的极品。虽然蓝田玉可能就是普通的玉，而非稀世宝贝，但据现在的地质勘查，当地蓝田玉的储量约为1亿立方米，主要分布在玉川镇和红门寺镇附近。

斟酌起来，蓝田并非东方的一个穷乡僻壤，而是一个综合了宗教、神话、地貌和地质特色的地方。那里的水陆庵里，有几个世纪前的壁塑。由于禁止游客使用闪光灯拍照，里面让人感到更加恐惧。神龛都比较暗，下界的侍从就好像是小妖怪望着我们。另外，由于回去后没有照片，我们只能靠记忆来回想所看到的一切，所以脑海里闪现的尽是噩梦中才会无意识出现的暗影。

蓝田县的景色在西北地区是最苍翠繁茂的，这得到了唐代诗人王维的认可。 他在这里的辋川建了房屋，在这里创作，参照周围环境创作水彩画，并自题诗。而像鲸鱼沟这样的景点则是珍稀野生动植物的自然栖息地。头部硕大的大鲵，身体前部扁平，尾部侧扁，身上有沙皮狗一样的皱纹，是中国乡下人都知道的东西。在粮食不够吃的时候，人们会（违法）捕它充饥。让其神秘的是它的俗名，叫娃娃鱼。用英文讲有些误会，“娃娃”指的不是大小像娃娃，而是它在受伤或是遇险的时候，就会像蟾蜍一样发出怪异的叫声。司马迁《史记》中的话潜在地说出了娃娃鱼在中国被人们忘记了的一种用法。《史记·卷六·秦始皇本纪》中说，在其墓被封上的时候墓内“以人鱼膏为烛”。极有可能指的是用“鲸鱼油”，但我依旧好奇的是，当年的秦人用的燃料是不是当地这种动物的脂肪。

如今的蓝田是休闲和娱乐的同义词，苍翠的山中有丰富的休闲和娱乐活动。从五一到十月的黄金周，每个假日汤峪温泉都挤满了来此休闲和水疗的西安人。汤池各式各样，有的早在14世纪时就有了。其中的温泉水来自渭河盆地地下2000多米的深处，涌出地面的水温大约在50摄氏度，高出一般的血温，人泡进去有一点热，但却不会被烫伤。要想更有利于健康，还可以加当地生长的草药，如中药里贵重的灵芝。

在已故作家陈忠实的《白鹿原》里，蓝田并不总是风平浪静的。这里的人参加了20世纪初的革命，是陕西最早建立共产党地方支部的地方。陈忠实先生将此描述为与过去的必要与重要的决裂，因为这个县还有两项与清代的旧俗相关而出名的事。首先，蓝田是出过宫廷大厨的“厨师之乡”，这里的美食家特别出名，善于用普通的材料或多种作料烹饪精致的菜肴，其技艺足以让世界名厨自愧不如。其次，蓝田有“聚仙坊”的美誉，指的是蓝田的土壤盛产药用灵芝；另一方面指“聚贤”。这个县出了许多对关学（关中哲学派）有贡献的新儒家学者。

像宝鸡眉县的张载一样，和其生活在同一个世纪的蓝田“吕氏四贤”是人人皆知并引以为豪的人。实际上，“吕氏四贤”之一的吕大临娶的就是张载的侄女，这就更加深了他们之间的关系。吕家六子五人通过科举成为进士，“蓝田吕氏”的美誉证明了人们对他们的赞扬和对其礼学思想的推崇。从政治上讲，吕大防（1027—1097）最为有名，他官至尚书左仆射兼门下省侍郎，实际上是北宋皇帝的宰辅。他的弟弟吕大钧则创作《吕氏乡约》《乡义》并将内容付诸实践。吕大钧注意到自己所任职的政府制度有缺陷，对草根阶层少有管教。他的《乡约》是中国历史上第一部成文的村规民约，提出同约人要“德业相劝”“过失相规”“礼俗相交”“患难相恤”。而《乡义》讲的是重大场合的礼仪，当然也包括人们日常生活中的规矩。

“吕氏四贤”在哲学上的广泛研究这里无法简而述之。要说的是，那些熟悉关中保守文化的人能看清吕大临的精明，他能“随时识事”，并“论道于朝”，还被认为是“中国的考古之父”。陕西碑林博物馆的创始人则是“吕氏四贤”的吕大忠，在任陕西转运副使期间，他将《石台孝经》《开成石经》和《十三经》等碑石移至城墙内南侧，统一保管，这才形成了西安碑林的最早雏形。

新儒家在蓝田的根基很深，有人认为，这在教育家牛兆濂（1867—1937）身上发展到了极致。在旧中国及其价值观被扫除的时候，他像苏菲派[①]的教徒一样隐居在蓝田。据说他有先知先觉之妙术，能掐算出何处有地下水，何时有雨。陈忠实和贾平凹对他的形象都有刻画，为了更加清楚地了解牛兆濂及其个性，我访问了他的遗产守护人，即他的重孙牛瑞。以下是我的提问：

1. 您的祖辈牛兆濂是蓝田众多的学者之一，甚至在21世纪的今天，人们依旧在自豪地谈论北宋时期吕家兄弟的杰出成就。您认为蓝田有何独特的地方成就了这些学者？

2. 您会怎样简要概括牛兆濂思想的精髓？

3. 牛兆濂不仅是一位哲学家，也被人们尊为半仙，因为他以能掐会算而有名，您觉得这名副其实吗？

4. 在陕西作家的作品里，对牛兆濂的演绎有多种，如在贾平凹的《废都》里，他被演绎为主人公妻子的祖先，作者特别提到了牛才子的预言能力，帮助人们在1926年打败了围攻西安的河南军阀刘镇华，您怎样看这种描述？

5. 已故的作家陈忠实在《白鹿原》中，通过新儒家学者朱先生的形象，间接地提到了牛才子，陈忠实比贾平凹刻画

---

① 苏菲派为伊斯兰教神秘主义派别，是对伊斯兰教信仰赋予隐秘奥义、奉行苦行禁欲功修方式的诸多兄弟会组织的统称。也有说“苏菲”一词源自阿拉伯语“赛法”（Safa），意为“心灵洁静和行为纯正”——译者注。

得更具体，甚至以白嘉轩的眼光对其进行了描述，您怎样看待小说中的这种演绎？

6. 在您看来，新儒家思想依旧在影响现代社会吗？

第四章

两个王朝的缩影

大秦帝国

竹帛烟销帝业虚，
关河空锁祖龙居。
坑灰未冷山东乱，
刘项原来不读书。
——（唐）章碣

我只去过一次草堂寺，那次的经历到现在都让我觉得无比奇特。一踏进槐树荫下宽阔的石砌广场，就能闻到微风中夹杂着一股微微的刺鼻香味，盖过了火炉里的香味。味道的来源不详，接下来忽然一道灰光划过眼角。起初，好像是因为年轻的光头尼姑在用手推车搬煤球——食堂与火炉用的燃料。她把东西从推车里取出来的时候，一切才清楚了。这位尼姑处理的是烧焦了的纸张，其他什么也没有。游客们在窃窃私语，讨论发生的事，原来由于电线质量差，引发电源短路，烧着了寺里的书店。这场不幸发生在半夜，而这儿距离最近的城市都非常遥远。尼姑们不得不披着湿毛毯，提着水桶从卧室里跌跌撞撞往下跑。眼下天一亮，大家开始为难了，面对几吨虽然部分被烧毁，但却依旧对自己的信仰有神圣价值的经书不知所措。那些被烧残的经书，书脊依旧完整，被晾在正午阳光下的条凳上，让人感到惋惜。合着的经书封面上展现的是在酷暑下变了形的图案，有些经书上的莲花标志被烧得像用过了的烟花筒。伸出去的细长手指化成了凄惨的骨节。在比较光洁的版本上，禅宗大师的笑脸因表面玻璃纸的熔化而变得伤痕累累。

著名的草堂寺可以上溯到公元四世纪，和佛教寺庙在中国的发展一样历史悠久。即便如此，当天的火毁经书让我想起了更加遥远的往事。在这所寺庙被供奉的六百年前，大秦帝国下令“焚书”，并活埋尊孔子的儒者。此举并非悲惨的意外，而完全是有意为之。贾谊在他的《过秦论》中对此可怕的悖理逆天之行哀叹不已，其矛头直指秦始皇，他写道：

……于是废先王之道，焚百家之言，以愚黔首；隳名城，杀豪杰，收天下之兵，聚之咸阳，销锋镝，铸以为金人十二，以弱天下之民 ……始皇之心，自以为关中之固，金城千里，子孙帝王万世之业也。

秦始皇在此被斥责为暴君和败家子。现在，当全球的人都在学校里研读他，或者通过博物馆和电视纪录片对他有所了解时，人们也许会认清他一意孤行的独裁行为。尽管如此，他统一度量衡和车同轨的成就使秦国在七国中脱颖而出，缔造了第一个统一的中华帝国，这一切都掩盖了他的负面影响。陕西省被称为“三秦”（San Qin）并非偶然，英语把中国叫 China 和法语把中国叫 La Chine 都有对秦始皇对世界的贡献的认可。

西汉的贾谊实际上是为后来的年代史编者塑造了一个模型。也就是说，他写史的目的就是为了支持自己效力的朝廷，对前朝的朝政给予质询和批判。此模式的翻版在世界各地和不同年代很容易找到例证。英国人为什么会悲观地认为身有残疾的查理三世是位独裁的暴君，谋害了自己的两位侄子呢？那是因为在他战死一百多年后，莎士比亚有个剧本阐述他的一生，嘲笑他是一个“喷毒液的驼背蟾”，在追逐权力的时候残酷无情。然而事实并非如此。2012 年考古学家发现了查理的尸骨遗骸，证实他是身材标致的男人。剧作家是否为了赞美当朝的伊丽莎白一世而诋毁查理三世呢？毕竟伊丽莎白一世是亨利·都铎（后来的亨利七世）的孙女，而就是亨利推翻了查理，篡夺了王位。非常有可能！

看历史作品，不论是非杜撰的学术著作，还是媒体和电影里的演绎，我们都要考虑作者的立场。是谁在告诉我们要相信前朝的何事何人，他们让我们相信其观点的目的何在？判断以前的是是非非实属不易。陕西的历史积淀深厚，很难切割成易消化的大块。要知道锻造历史的熔炉里不仅有秦始皇和李自成，也有文人司马迁和班固记录历史的手笔。探究植根于关中大地的这三个王朝：秦、汉和唐，我没有做司马迁的豪情，更谈不上书写历史了。我写下面的文字只有一个目的，那就是探究在 20 世纪和 21 世纪，为了大众消费，这些过去的历史是怎样被重新包装的。司马迁留给后世的文字，现在大多成了昙花一现、迎合大众口味的历史娱乐。不管喜欢还是鄙视，我们生活在一个电视商业化和主题公园的时代，值得庆幸的是历史还没有被完全遗忘。

从个人来说，我想尽量把兵马俑的“月份”做足。我在中国住了相当于“十月怀胎”的时间后，才跳上了去临潼县的公共汽车。而我的同事，来自美国密苏里的米勒斯一家开学的第一周就迫不及待地去了。我们第一次正式会面的时候，他们就喋喋不休地炫耀自己不但看到了古老的世界奇迹，而且还是在没有导游的情况下自己找到了去那里的车。这种对很多人来说有些神秘的经历我倒不怎么着急去体验。到了 2009 年春，大多数兵马俑的皮肤、头发、武器和盔甲的颜色都成了一样的，无论选用什么色彩，也不管怎样用照片处理软件来提高照片的对比度，最后一批照片明信片制作出来时，当初的色彩已全部被氧化而消失了。我不可避免地在心里把最近看到的一幅让人充满敬意的作品和这儿的作品做一大致的比较。颇有争议的英国雕塑家安东尼·葛姆雷（Anthony Gormley）创作了一系列艺术作品，他称之为《土地》。一些特定的群体受邀用泥捏一个自己的形象，再把这几千个做好的泥人挤在一起，排列在美术馆的地板上。其中就有广东一个村子的手工。在临潼的那一瞬间，我想起了那些农民的面孔，个个红通通的，衣衫不整，跳到了我跟前，但却带着兵马俑明显缺乏的活力。人可以感受到这些来自南方有活力的肝脏，血管里流淌着炽热的血液。而来自古代的兵马俑似乎想当忧郁的变色龙，单调的色彩和附近的省会如出一辙。

这种看待秦俑的态度让人尴尬，仿佛不好打破的坚果，但却在无意中被打破了。有天，我刚好把电视调到了电视剧《秦俑情》（电影片名也叫《古今大战秦俑情》），这真是播出的最俗的一部电视剧。故事的开始是一个保安的手电筒在兵马俑间照来照去，但却没照到那个不知是否是假死了两千年的兵俑忽闪的眼睛。这类故事都老掉牙了，我小的时候父母看的是《急冻游侠》（*Adam Adamant Lives!*），说的是维多利亚时代伦敦的一个花花公子，在20世纪60年代被人发现并且复活了，成了一个有名的除暴安良者。《古今大战秦俑情》的剧情有所不同。秦俑蒙天放不知何故戴着眼镜，驾着一辆偷来的吉普车开到了路边，这就开始了他和韩冬儿的旷世之恋。韩冬儿是一个大儒的女儿，她和父亲以及全家面临死亡。这个逃亡的女子在秦陵捡流星雨带来的无用的陨石时，引起了秦始皇的注意。这场三角恋迂回曲折，涉及到了《史记》中保留的细节，比如秦始皇寻找长生不老药。就在秦始皇最后踏上不归路，要到蓬莱岛去寻求永生时，他发现了韩冬儿的不忠，便用抛硬币的方法来决定韩冬儿和蒙天放的死活。抛硬币遭厄运，韩冬儿蹈火自焚，被吓坏了的蒙天放祈求把自己在兵马俑旁用泥土裹起来，变成活人俑，这样他就可以永远守护皇帝了。

故事编的似乎可信的一点是，韩冬儿把徐福炼成的长生不老药偷偷给了她的情人。民国时，蒙天放曾经一度复活，并和海盗白云飞为一个有点神秘、像韩冬儿的女人朱莉莉大打出手。虽然打败了情敌，但却失去了情人，蒙天放就自愿回到了秦陵里。第三幕讲的是随着竹简的出土，现代人知道了这段古代的爱情故事，并帮助他们实现了浪漫的愿望。该剧从对奸人和宦官赵高皮笑肉不笑的刻画，到对妹姜宛如莎乐美般舞姿的描述简直是俗不可耐。而另一方面，耐着性子看完这部俗剧后，我不禁好奇大秦帝国实际上是不是像罗夏(墨迹)测验图[①]那样，让中国人观看，从而反思自己和这个国家。但对于浪漫的人来说，受被人遗忘的不死金丹的催化，打开了一扇可能是爱情不朽的窗户。

司马迁本身就是陕西人，出生并葬在韩城附近。对汇总当时中国历史的重任他有不同的看法。由于拒绝谴责李陵在

① 罗夏（墨迹）测验图（Rorschach diagram），国外让人解释墨水点绘的图形以判断其性格——译者注。

公元前99年抗击匈奴的失败，他被监禁，备受迫害，面临伏法受诛的悲惨结局。后来虽被减刑，但由于交不起罚金，不得不选择接受腐刑之辱。这位宫廷太监给自己披上了一件保护性的谦卑外衣，宣称自己受此辱就是为了完成《史记》：

> 仆之先非有剖符丹书之功，文史星历，近乎卜祝之间，固主上所戏弄，倡优所畜，流俗之所轻也。假令仆伏法受诛，若九牛亡一毛，与蝼蚁何以异？
>
> ——司马迁《报任安书》

他的《报任安书》言辞巧妙。其著作一旦完成，将成为最完整全面的史书，后人将很难达到和超越。

大多数剧作都从表面接受了司马迁和其他汉代历史学家表达的思想感情，认为秦始皇是个暴君，民众对其政权的愤恨导致了秦二世的短命和大秦帝国的灭亡。相形之下，大汉的开国者刘邦(就是后来的汉高祖)是更经典的从小官做起的“平民”皇帝，他用减轻田租、免其徭役等体恤民情的方法巩固自己的铁腕统治。在三原出生的作家孙皓辉对秦始皇的态度与其他历史学家不同。他的多卷本《大秦帝国》深受读者青睐，据此改编的同名电视剧也广受观众喜爱。43岁时的孙皓辉是西北大学的法学教授，研究中国古代法制。第一部将秦朝历史转化为小说形式的手稿得到肯定以后，他得到了撰写后续三本的学术假期，最终，他为此耗费了16年的心血。后来，他居住在气候温和的海南岛，心里萦绕的是两句古训：一是韩非子的“多事之时，大争之世”，二是晏子的“凡有血气，皆有争心”。孙皓辉意识到大秦帝国给人的伟大启示在于：任何一个王朝要想牢牢地掌握政权，就要抓住民心、动员民心。他和谴责秦始皇是暴君的人见解不同，认为秦始皇的统治展示了对主流控制的重要性。这位前大学法学教授推崇商鞅的变法，认为商鞅变法为民间社会铸就了法律意识，而战争的实质在于营造和平与稳定。

就其人来讲，孙皓辉教授是一个有魅力的男人。几年前，(也许像吴仪和朱镕基一样)他决意让头上的最后几根黑发消失，选择了本色无纹饰的服装。用餐的时候，他会放松下来，听别人说话。他夹一根大雪茄或外国烟，像古时盘踞在山上的龙一样，任烟雾从嘴和鼻孔里飘出。我发现他不在意人们讲低俗笑话，偶尔对一些过分的行为也是呵呵一笑。我们第一次见面的时候，我冒昧地问起了他的小说被改编为电视剧时的一个问题。“你找到了扮演秦始皇母亲的情人嫪毐的人吗？是不是得靠计算机生成影像？”“我是创作顾问，演员的事不归我管。当然要是你觉得你能干，我可以安排你试镜。”他的回答让我脸红，但这让他知道我至少读过司马迁的作品，后来再见面，他常以此开我的玩笑。

有一次，在五粮液的作用下，我曾请他坐下并采访他。虽然气氛很好，但到了最后，我感觉有点像当年萨默塞特·毛姆很冒昧地缠着要采访辜鸿铭，结果发现自己对手头深刻的东西缺乏全面了解。

我：《大秦帝国》确实让人激动，短短15年的历史却影响了后世2000年。您是怎样将这一切压缩在一部作品里的？

孙：你觉得500万字是压缩吗？

我：也不尽然。我知道你已经把作品交给译者翻译为英文。

孙：对，一年前就做完了。

我：但说实话，英文很少有这样长的巨著。外国人对中国文学的期望不同，我们觉得20多万字就是史诗性的作品了，要是一个有名的中国作家出版一本只有20万字的书，读者可能会觉得是上当了。

孙：真的是这样吗？

我：要是你写一部短一些的小说，或是介绍秦朝的一个简写本，我们可以将这翻译成英文，出英汉对照本，就只在临潼卖也会很吃香的。

孙：对于那段历史我没有什么可写的了。你觉得写一本小册子就能达到同样的效果，我还会会花上一生中15年的工夫么？

我：我想不会。您眼下在写什么散文？

孙：不写散文了，只写中国古代哲学和法律。没有几个人真正理解中国文明的精髓，外国人当然就更没有了，这也许是我余生的使命了。

我：你没有欣赏的外国汉学家吗？我觉得费正清（John

Fairbank）就特别擅长把哲学和宗教糅在一起来写历史。他的学生史景迁（Jonathan Spence）现在很有影响，我那些不了解中国的朋友从他那里学到了不少东西。

孙：哈哈，我知道你的意思。但事实在于这些人只是在讲奇闻轶事。虽然简要的印象也能反映一点中国文化，但毕竟只不过是点滴的见解。真正的历史学家能分清精华和糟粕。

我：什么是糟粕？封建守旧？儒家思想？

孙：也许秦"焚书坑儒"是对的，但却没有毁掉最后的手稿。汉高祖又重新出版了这些书，汉高祖的肯定迫使我们接受。

我：那就是糟粕了？

孙：我没那样说……

我：采访你实属不易，我要写篇文章，真的需要一些更加具体的答案。一个人该怎样理解真正的中国文化精髓呢？

孙：你是英国人？你在二十几岁就拿到了中世纪文学博士学位？

我：两个都对。

孙：那么，英国文化的精髓是什么？

我：源自古希腊罗马、带有民主和市民文化的犹太基督教，还有本土的民间传说、凯尔特和其他影响。

孙：那本身就够人学一辈子了。要是你想献身于中国文化的研究，下辈子最好托生成一个中国人，只有这样你才能真正理解中国。

孙皓辉不久将有一个自己的研究中心，主要研究大秦。在我居住的校园里，研究中心大红的墙壁和古典的灯笼在水泥建筑中很显眼。他到底在此会花多少时间来做研究，而不是在海南追逐自己的梦想还有待观察。谁能责怪他呢?

在水一方：汉代的静谧与维克多·谢阁兰[①]的中国梦

在陕西中部，说城市在扩张或房地产在吞噬绿化带是不恰当的。计划中的西咸和其他几个新区可以保证，十几年后，西安将和其卫星城咸阳联结在一起。陕西省人民政府开发新都市的灵感出自埃比尼泽·霍华德的“花园城市”概念。把优良的基础设施和大片的园区及空地结合起来，从而降低人口居住的稠密度。在咸阳，已经有迹象显示地产开发商在投资小城市的现有资产了。河边的连栋别墅明显在涨价，明眼人一看就清楚到 2020 年后，高档社区将会在那里崛起。

为了避免我们只通过现代的面貌来评测咸阳，避免只能将它看作西安的姊妹城，我们应当记得咸阳才是大秦帝国真正的国都。秦始皇夺取政权后，把以前六国的皇室家族集中

① 维克多 · 谢阁兰（Victor Segalen, 1878–1919）法国著名诗人、作家、汉学家和考古学家，也是一名医生和民族志学者。其一生与中国结下深厚渊源，也因书写中国而负有盛名——译者注。

软禁在这里，并强迫两万多户上流家族移居咸阳，使首都的人口达到了一百万。在封建时代，秦始皇一下子就可以把城市的人口扩大，其做法现代的地产商一辈子也无法企及。

咸阳现在以陵园和陵墓而著名，其寓意就是当年是多么辉煌。这里的钟楼除了小了不少之外，和西安的建筑风格一模一样。另外，和秦始皇的地下兵马俑兵团相比，从汉阳陵出土的兵马俑简直就像是儿童玩具。的确，尽管咸阳在努力建设这些可以和西安媲美的文化遗产遗址，但成果不大。“秦渭楼”最初是由北宋知县黄孝先修的，2014 年重建为一家艺术博物馆。可喜的是里面可以看到“江南四大才子”和“清初四王”的真迹，但建筑和周围的结构以及楼房被推倒后的空地很不协调。在我看来，第一次见到的影像仿佛是一只巨大的喜鹊把拉萨的布达拉宫叼起，飞了几百公里路，然后丢在了关中。

咸阳真正的魅力不在于高调华丽的展示。我们要避过现代市中心的繁华装饰，转而去观注附近这个县或那个县能遇到的有形遗址。最佳起点就是由明朝的一座孔庙而改建的咸阳博物馆，这种变通用法颇具讽刺意味，因为汉武帝当年采纳的是董仲舒的建议，实行“罢黜百家，独尊儒术”。这里的第三展厅很有特色，展示的是从咸阳宫三号遗址收集来的彩色瓦当碎片，就是这些瓦当组成了中国现存最早的壁画。有的瓦当还带有烟熏的痕迹，毫无疑问是当年霸王项羽火烧咸阳宫，大火连绵几周的结果。瓦当的设计中有诸如“长乐”和“未央”等字，是两处皇宫的名字。瓦当中也有代表方向的四相：青龙、白虎、朱雀和玄武。

最推崇汉代美学价值的外国人是法国考古学家、作家和博学家维克多·谢阁兰，人们现在仍记得他以清朝末年的北京为背景的小说《勒内·莱斯》。他两次旅居中国（1909 至 1914 年，和 1917 年），在文学创作和人文研究上都有建树。作为爱德华·沙畹[①]的助手，他是第一个准确估算秦始皇陵高度的人。沙畹将《史记》的大部分译成了法语，比伯顿·沃森的英译本早 50 年。在古代中国石碑的铭文上，谢阁兰发现了一个在军事上自豪并热衷于奉献的国度。以此为起点，他出版了两卷名为《碑》的法语诗集。他不是在逐字翻译碑文，而是在想象这个神圣帝国的辉煌过去。

在描述陵墓的地形和其中的内容时，维克多·谢阁兰的热情不知不觉地陷入到了一种狂喜的高度。那些没有生命的石块被他赋予了不朽的力量，超越了日晒雨淋、面目全非的表象。其中他最爱的是茂陵。在霍去病的纪念碑前，他把自己融入到故事中去。他没有重述有关霍去病传说的细节，如他如何在孩提时被汉武帝抱过而疾病不可思议地痊愈，以及身为将军时如何在甘肃将酒倒入喷泉让全军将士分享。相反，

① 爱德华·沙畹（Edouard Chavannes），简称沙畹，是学术界公认的 19 世纪末 20 世纪初世界上最有成就的中国学大师，公认的“欧洲汉学泰斗”。同时他也是世界上最早整理研究敦煌与新疆文物的学者之一，被视为法国敦煌学研究的先驱者——译者注。

他使雕塑像是开口说话一样：

从严格的雕塑角度讲，这是一件很有启迪的作品。它不仅仅是一匹马和一个人的雕塑，而是一个让人感到有分量的组合……在皱痕的上面，有三道阴线，肯定代表的是肋骨，是一种善于长跑，可以看得见肋骨、体形瘦的动物。它的肩关节同样也有简单的解剖线，不要以为它是与翅膀的连接处（我们将会看到，在后汉的作品里常常出现这种造型）。它的鬃毛短直，与脖子之间有一道阴线。其头历经两千年的风雨，疲惫地耷拉着，失去了耳朵，成了一个不雅的塌鼻梁罩子。就整体而言头太大，过重；鼻子隆起，圆嘴厚唇。但很明显像马，就是中国北部那种出色的、有耐力的蒙古马。虽然惊人地粗糙，但这头很久以前的汉代马，确实是此刻正在几步之外吃草的那匹马的兄弟。只是雕塑的胸部有随意的发挥，高傲地拱着，不可一世，富有装饰性。肌肉强健的马腿均匀对称，造型完美的马蹄端正地扣在两边，与底座浑然一体。我有些言之过急，说这匹马是在“践踏”，这么说是不太准确的。在它之下躺着一个人，但它的双蹄和身体的重量都未触碰到此人。但是它围绕此人凌驾于此人，抱住他，控制着他。它是主宰。

——维克多·谢阁兰著，《伟大的中国雕塑》

说实话，虽然这件雕塑的细节极具西汉石雕的特征，但将这样的石雕安置在陵墓前却非当今的标准方法。就个人来讲，我和维克多·谢阁兰有共鸣。这种东西在兴平周围比比皆是，但却没有引发他的贪欲。就在他写下这些文字的时候，美国收藏家偷走了“昭陵六骏”中的两骏。而此后不久，丹麦探险家何乐模（Frits Holm）试图得到西安的景教碑，把它运到伦敦在大英博物馆展出。这个丹麦人后来改变了主意，花钱让当地的石匠打造了一件复制品，送给了纽约市。霍去病和他的同胞得以在关中永存，难道是因为汉代艺术的威严，震撼住了那些贪婪之徒的勾当吗？

第五章

“丝绸之路”的起点

遗憾啊！此乃无法弥补的遗憾，在我的家族成员中，我既不是第一个，也不是第二个来陕西的人。20 世纪 90 年代中期，在看了《露丝·伦德尔悬疑剧场》[①]的《讲中文的人》后，叔叔阿尔伯特和婶婶布伦达为了庆祝即将退休，决定随旅行团来中国。他们认为，只要不过问敏感政治问题，躲开长江轮船上的不法分子，回避让侦探韦克斯·福德产生幻觉的绿

---

① 《露丝·伦德尔悬疑剧场》是英国独立电视台从 1987 年到 2000 年推出的系列侦探剧，剧本改编自畅销书作家露丝·伦德尔（1930—2015）的小说。露丝·伦德尔在欧美文坛是一位家喻户晓的人物，也是一位出色的多产作家，有 70 多部作品问世。她尤其擅长创作犯罪心理小说，其中很多作品都在国际上获得了很高声誉，被誉为“犯罪小说女王”。该剧中的主要人物是一个名为韦克斯·福德的老督察，在英国南部的一个乡镇周围办案。虽然所办的案件都在附近，但剧中有主人公出国旅游的情节。

茶，那么，跟一群和自己年龄相仿的同胞在中国旅行是“很安全”的。

在西安，他们看到的是一幅现在已几乎消失了的城市风景：电车行驶在灰色的马路上，空气中弥漫着自行车的铃声和笼中的鸟鸣，而非流行音乐和汽车排气管的突突声。旅行团里其他人在饮食上的保守让这老两口觉得特别有趣，团里的多数人一看到宴会上的主菜——被精致地切成片而且满是褶皱的“松鼠鱼”——就皱眉头，因为鱼眼亮亮地盯着那些要对它动筷子的人。还有几位一直盯着饺子吃，因为这是宴席上最清淡的食物，还偷偷把馒头也塞进了手提包与照相机的盒子，但等第二天出门再拿出来时，才发现馒头已硬得像白色的鹅卵石了。去回民街的面包车上，导游为了激起大家的热情，告诉旅游团里的人大家已经来到了历史意义重大的“丝绸之路”起点（以前叫长安或大兴）。布伦达的反应平平却又很不一般，她对回民街那些价格宰人的围巾没有兴趣，也不情愿让人哄着掏钱包。她就问：“既然如此，那些小小的桑蚕在哪里？”但没有人接她的话。由于她的固执，领队最终想办法安排去了当地一位老人的家里，老人家里的客厅里有一个钟型的玻璃罩，里面的桑树枝上爬着胖乎乎、半透明的蚕。老回民给大家上了茶（茶里加了冰糖和大枣），但没有人喝。于是他便回到了木躺椅上，慢悠悠地抽起了他的铜管水烟。布伦达凝视着那些蚕，看它们一点一点的吐丝，直到把自己包在自产的纤维中，形成一个顶针大小的茧。有些起步早的蚕已经完成了茧的外围，不用看以前的同伴，本能让它们知道变形即将到来。“这产生不了什么工业嘛！”布伦达感叹说。

公元756年，长安落入安禄山的手中后，大多数的商业丝绸产品都被移到了长江以南。现在，短期内养蚕成了年轻人的一种娱乐，就像在英国人们养仓鼠一样。这些小东西虽然不会成为终身伙伴，但在几天或几周内还是很吸引人的。得知我在中国这么多年还从来没有自己养过蚕，朋友朱商南便强拉一位退休教师和他的孙女在我阳台下面的“情侣园”里折桑树枝养蚕。第二天他到我房间来的时候，带了一盒未孵化的蚕卵和桑叶。我没有意识到那些桑叶去了哪里，直到第二天它们出现在冰箱底层的保鲜盒里，我的生菜叶都被压扁了。这个在家里养蚕的实验没有达到预期目标，结果只是收获了几个蓬松的茧球，而且茧球的颜色很离奇，有的像糖老鼠的粉红色，有的是黄色。小朱否认自己给它们上过色，并将其归罪于“现在的气象人员用怪异的化工产品人工降雨”。带着山里人吃家乡饭长大的智慧，他又加了一句：“谁知道天上会有什么东西掉到我们吃的东西上呢？”

在历史上丝绸一直是人们垂涎的物品，而桑蚕却又不服西方的水土，这是中国开放对外贸易的一大因素。普林尼[①]在《博

① 盖乌斯·普林尼·塞孔都斯（Gaius Plinius Secundus），生于公元23年（一说24年），卒于公元79年，世称老普林尼（与其养子小普林尼相区别），是古罗马百科全书式的作家，以其所著《博物志》（又译《自然史》）而留名后世——译者注。

物志》中说："蚕像蜘蛛一样结网，这种网是女人奢华的衣服面料，称之为丝。"在古罗马，有身份的时髦女人都会有一件精致的丝绸衣服。古代发现丝绸奥秘的是一个女人，名叫嫘祖，大约生活在公元前 27 世纪。传说不是很确切，有一种说法是 14 岁的新娘嫘祖有天下午在室外饮茶，突然有个奇怪的东西掉进了茶里，嫘祖小心地把那东西捞了出来，浸湿的那团东西被热水一泡化开了，但那一束束的丝线却没有断。嫘祖把那东西一挤，挤出了一只小毛毛虫，她看那东西既不是黄蜂，也不是周围树丛里的虫壳，而是一个蚕结的茧。她接着像玩翻线游戏一样把那些丝缠在手指上，发现这种东西的拉伸强度很大。绕动的手指使她联想到了造一台织布机来织布。

不同版本的传说都把嫘祖看成是一个先古时代有抱负的科学家。观察了蚕在桑树上的活动后，她可能是为了解剖而将蚕茧泡在了水里。把那些丝线分开后，她就把丝线缠绕在跟前的树篱笆的小枝上，由此她肯定蚕茧可以成为衣服的面料。

敬奉嫘祖的神殿称其为"先蚕娘娘"，在中国的好几个省依旧盛行，如东部的江苏。不论嫘祖是一个碰巧有所发现的悠闲妇人，还是一位机智的能工巧匠，所有的传说都带有编造的痕迹。嫘祖乃轩辕黄帝的正妃，而黄帝是位神话式的半虚构人物，据说他在位一百年，整个汉民族都是他的后裔。直到今天，延安的黄帝陵还展示有一长串让人大开眼界的发明创造，后世历朝历代就是靠这些发明创造立国且繁荣昌盛起来。比如他发明了车轮，编撰了第一部中医经典。值得一说的是，黄帝的丰功伟绩和其妻子的发明旗鼓相当。中国长期以来垄断丝绸产品，给人留下了国土奢华和充满魅力的印象。现在看来，将自己的妻子塑造为一个全国敬仰的人物很有意思，因为考古证据不支持关于嫘祖的传说。从陕西省新石器时代仰韶文化墓冢里出土的文物中就有蚕茧的痕迹，这就说明蚕的驯养至少比嫘祖要早两千年。

我写此文的时候，“丝绸之路”是人们聚焦的热点。在那条艰难的路途上，中国的丝绸、调料和其他商品被驼队和马帮从陆地运往西方。现在这条路被认为是商业光辉的顶点，也成了推动中国经济持续发展和文化交流的灵感来源。2013年9月，习近平成为中国国家主席后不久，在哈萨克斯坦的纳扎尔巴耶夫大学发表了一次演讲，期望将“丝绸之路经济带”正规化，连接近东、苏联和土耳其地区。在少有的富有诗意的演说中，他说：

> 我的家乡陕西，就位于古丝绸之路的起点。站在这里，回首历史，我仿佛听到了山间回荡的声声驼铃，看到了大漠飘飞的袅袅孤烟。这一切，让我感到十分亲切。
>
> ——习近平2013年9月7日在纳扎尔巴耶夫大学的演讲

在强调“远亲不如近邻”时，习主席着重指出，上海合作组织将继续为中国和中亚各国之间的友好关系提供框架，并将特别注意以下五个方面：第一，加强政策沟通；第二，加强道路联通；第三，加强贸易畅通；第四，加强货币流通；第五，加强民心相通。他的演讲有很多中哈睦邻友好的例子，如在伟大的卫国战争中，阿拉木图的市民帮助过中国作曲家冼星海。正是在这座城市里，冼星海创作出了《民族解放》《神圣之战》《满江红》等著名音乐作品，为了感谢当地人的厚爱，他还创作了交响诗《阿曼盖尔德》，歌颂哈萨克领导人的反抗伟绩。

习主席友好的言辞饱含着政治信息，通过“一带一路”建立与西北的友好关系的设想，和他执政后提出的方针“中国梦”吻合。除了明确的经济驱动外，从唐代以后人们就没有见到过以展示软实力来加强中国和中亚关系的这种方式。仅仅就中国语言教育的一项输出统计就可以印证习主席的远见。新疆师范大学在哈萨克斯坦和塔吉克斯坦建立的“孔子学院”每年的招生人数达到了3,000人。

那些无法随旅行团去看敦煌石窟和阿尔泰山脉的人，可以在西安的大唐西市领略“丝绸之路”上的几处名胜古迹。新建的大唐西市建在原来的西市（原名为利人市）遗址上，是公元583年隋文帝执政时建立的一个贸易场所。在这里，历史的遗痕和现代的媚俗闪烁着宏伟的色彩，成为当下中国一个名副其实的缩影。在主商务区的楼上，随处看去，四处都闪耀着丝路的风采。迷宫式的走廊里每一个区的檐口都装饰着打褶布艺，里面则是丝路沿线每个国家的“主要文化产品”，如波斯的珐琅调味品套具，闪亮的金色土耳其水烟袋，以及铜铸的罗慕路斯与雷穆斯吸吮母狼奶[①]的雕像。所有的东西都是明码标价，数字后面的零越来越多。一家印度餐馆开业的时候，提供为期一周的友情舞蹈表演，参演的是一群来自宝莱坞[②]的小明星。

看到大唐西市，我就会不由自主地想起习近平主席在阿拉伯人面前引用的哲学家冯友兰的话：

> “五色交辉，相得益彰，八音合奏，终和且平”
>
> ——引自“西南联大纪念碑”碑文

对于一些游人来说，这里的商业区是一个充满奇迹的走廊，具有多元文化特色，而对于有些人来说却是一个不搭的“大杂烩”。和谐也罢，不和谐也罢，都带有很强的个人色彩。这也从一个侧面阐述长安作为“丝路”东方终点的商业历程，也更加彰显出这个城市的国际大都市特色。

我眼下感到最不舒服的一个问题是，有的上海人、北京人和“海归”（指出国留学回来找好工作的年轻人）当着我的面诋毁西安，说西安是个“大乡镇”，说“这个污染严重的地方到处都是没

---

① 罗慕路斯与雷穆斯（Romulus and Remus）在罗马神话中是一对双生子，是罗马的奠基者，出生后被人抛弃，由一头母狼养大——译者注。

② 宝莱坞（Bollywood），是位于印度孟买的影视中心——作者注。

有品位的人”，还问“为什么要写这样一个不发达的地方呢？”这些话让我感到气愤。的确，直到近五年来，咖啡店和出售进口啤酒的酒吧才在西安多了起来。然而要是用这种肤浅的方式嘲笑西安缺乏现代潮流，那就只能暴露出这个人自身的短视，用中国人的话说“犹如井底之蛙”。

认为西安缺少外国人的人可以去陕西历史博物馆、小雁塔的西安博物馆或者是大唐西市的博物馆看看。在那里，你可以研究（正宗或仿制的）唐三彩陶瓷雕像，看看当地人怎样看待到这个城市来的外国人。这些显得有些抽象的雕像让人看不出他们来自哪个国家，其中有的可能是阿拉伯人，骑在驮着几麻袋货物的骆驼上；还有的蓄着大胡子、甩着袖子欢快饮酒的。展览的标签上把好多人列为是“五胡”，指的是匈奴、鲜卑、羯、氐、羌这五个民族，这些都是当时在北方边界上对汉人统治有威胁的半游牧民族。

曾经在东市和西市转悠的有古索格代亚纳人、波斯人和土耳其人，西市附近有两个聂斯托利派的教堂和两个琐罗亚斯德教的教堂。① 中国人所说的“买东西”（直译就是买东市的和西市上的货）就是指这两个地方。市场上的文化特色就是沿“丝绸之路”回流的商品，有龟兹（今天的库车）的红毡，鄂尔多斯的白毡，费尔干纳（位于今天的别克斯坦）的医用牛黄与霍乔（位于今天的俄罗斯）的

---

① 聂斯托利派（Nestorian）就是我国人常提到的景教。而琐罗亚斯德教（Zoroastrian）则是在基督教诞生之前中东最有影响的宗教，是古代波斯帝国的国教，也是中亚等地的宗教是摩尼教之源，在中国称为“祆教”、“火祆教”或“拜火教”——译者注。

明矾（此乃造高级纸和上色的重要原料）。对于那些习惯到西七路去买纸，到光大路去买家具，到光大南路去买花卉的人来说，在同一家商店能买到所有这些东西，而且这样的商店还扎堆出现，可以说颇具中国特色。这种固定模式可以上溯到唐朝，当时的大街有行市（东市大约有220个这样的行市），顾客可以以实惠的价格买到某类商品。在西市，有西市署保证度量衡标准，保证商品质量、买卖公平，商户根据规定的时间营业。在整个营业时间里，一直有平准局负责管理物价，并保证货品供需平衡。“行”里既有上等的手艺人，如金匠和银匠，也有普通的菜贩子和鱼贩子，钱少的人可以到那里去买便宜的商品。每平方米不足50克重的丝被称为“茧绸”，有专门的行市。由于质量差，“茧绸”直到19世纪才出口到西方。

历史记录了有天才头脑的商人，如不顾他人的讥讽，买了一大片低洼荒地，经过改造后变为房地产，成了像克罗伊斯王[①] 那样的大富豪的窦毅。长安的编年史上也记载着有公益心的宋清，他“居药40年”，以“辄焚券，终不复言”而出名。至于王酒胡乃是无人比肩的大富豪象征，黄巢起义失败后，城里留下了上千的死人，其中包括不少外国人。王酒胡出面帮助唐僖宗，修复城墙的时候，大手一挥就从“柜坊”（早期的银行）拿出了30万贯；皇帝新修安国寺时，他又出了十万贯。

企业家的公益精神至今闪现在20世纪和21世纪的商人

---

① 克罗伊斯（Croesus）是里底亚最后一代国王，以财富甚多闻名——译者注。

中。靠经营桑椹饮料致富并让陕南的许多农民富裕起来以后，魏文利（笔名卫可，粉丝称其为“果汁皇后”）便开始弘扬“丝路”精神。她所在的大唐西市零售中心是其新开发的护肤化妆品启动基地，该产品综合了天然物质，包括桑叶、桑树皮、丝蛋白和蚕蛹中的提取物。其科学依据源于中医，原理来自李时珍的《本草纲目》。这种面霜和手霜的成分天然无毒，即便口服也对人体无害。

这个市场曾经有一个饱受非议的地方，其附近有专门做招魂生意的，只有一棵柳树标志着那儿曾经是个刑场。贾斯汀·希尔[1] 写女诗人鱼玄机传记的时候提到有位官员被诛，并株连到了家里的所有男性。

狱卒把他用囚车拉到了经营斧头、马鞍和布匹的西市，那里的波斯人“巴扎”也有很多卖粥的小摊。这天早上，他兄弟和儿子及叔叔们的尸体也将躺在这儿的灰尘里，旁边的观众是一群糊里糊涂走向屠厂的牛。

牛走后，狱卒继续前行来到了刑场，就在不远处的放生池边，好多信奉宗教和迷信的人在排队从鱼贩子的手里买活鱼，然后又掏钱给僧侣帮他们放生，为来生积德。

元大人禁不住流起了口水，他努力想把口水吞下去，但

---

① 贾斯汀·希尔（Justin Hill），英国著名作家，曾经作为志愿者在中国和厄立特里亚支教七年，二十出头时就有对中国颇有研究的作品。他后来曾在香港城市大学教授创意写作。

嘴里有木球太难了。像个饿狗一样他的口水开始往下滴，他摇着头甩嘴里的绳子，但却甩不掉。

望着放生池里的清水，他多么期望自己这辈子没有吃那么多的鱼，那么多的牛羊肉、猪肉、虾和鱿鱼啊！他多么期望自己从未穿过绸缎，而是多祈祷几次。现在他要死了，他感受到了一生中的罪业，所有被他革职的人，所有他曾经侮辱过的人，因为他妒才嫉能。透过这一切，他听到的是附近的牛叫声。

——贾斯汀·希尔著，《大唐才女鱼玄机》，第412—413页

鱼玄机之罪据说是打死了一名女婢，她也在这儿被处死。根据贾斯汀的描述，当刽子手的刀挥起来的时候，天上忽然下起了大雪。

大唐西市除了上述的慷慨和商人们的魅力，其最大的宝藏也许依旧还在地下。从经济效益上讲，西市竞争不过东市。据记载，东市位于兴庆宫的西南，唐玄宗在此祝寿和举行马球比赛，使周围大厦林立的地段别有情致。2015年3月，为了搞清东市的确切位置，中国社会科学院考古研究所在兴庆宫西南角以南约300米的地方进行了考古发掘。考古队估计，大唐东市位于今天西安城外的东南方位，在经九路以西，友谊东路以北，安西街以东，咸宁西路以南。换句话说，其总占地面积为90万平方米。出土的文物有雕着酒家店名的瓷壶，而地窖中的文物遗迹则向科学家们显示了窖藏的珍贵价

值。当代人对这一地区的热衷也许会妨碍进一步的发掘。虽然政府和已经把这块土地买走并准备开发房地产的正方房地产公司（该公司隶属于中铁一局）达成了协议，但在原东市遗址的上方，百分之九十的区域如今已经是高楼林立了。

当地有句话，“在西安随便踢开一块土疙瘩，说不定就有文物。”就大唐东市而言，这句话绝对是真的。就在这附近，在唐代曾经有个绰号叫“骆驼”的小贩，由于背驼，推车失控碰到了一堆砖上，结果是撞出了一罐金子，就偷偷的独吞了。藏在地下的财富也许仍旧可以私吞，但都未必是金钱。发掘汉景帝陵墓，人们发现了两千多年前的茶叶，而距兴平很近的御茶膳房酿制、花里胡哨的蟾蜍配方酒又会是怎样呢？虽还在初级阶段，但东市的地基将会被保存在汇集当地文物的博物馆下面。那些寻找“丝绸之路”起点的人又可以“买东西”了。

第六章

大学习巷

大唐帝国对中东的影响既欢迎又偶尔带有疑心。虽然唐太宗支持和“丝绸之路”沿线的国家有贸易往来，但当突厥人的奢靡蔓延到国中时还是有些不悦。他的大儿子，既定继承人太子李承乾，在为祖父唐高祖居丧期间以及在唐太宗不在长安时，摄政监国，干得相当出色。然而在十五岁左右的时候，他开始迷恋突厥人的一切，从穿衣打扮到言辞，甚至学人家在户外露营的习惯，他的行为闹得沸沸扬扬。承乾宠信一位太常乐人，给他起名叫“称心”，并醉心于其道术，唐太宗大怒，杀了他这位知己的道士。在被流放患病前，承乾短暂一生就是和自己的胞弟李泰为了继承皇位而争斗。他过世百年后，唐玄宗追赠李承乾谥号“愍”，意为“受罪”。

玄宗的儿子肃宗在安禄山叛乱时曾期望从中东搬救兵以补充大唐的军事实力，他给巴格达的教主曼苏尔写信，请求派7000骑兵，并许诺那些建立功勋并在战乱中存活下来的人可以蒙皇恩留在大唐并享受一定的特权。公元651年，早在哈里发奥斯曼拜访唐高宗的时候，就有穆斯林特使来过长安，但历史学家却常说肃宗的这次募兵行动标志着一个新的少数民族的诞生。许多单身的阿拉伯人来到陕西（其中一半多似乎都是利用自己的特权才得以留下来），和当地汉民通婚。这些人的后裔既保持着祖宗对真主的信仰，又汲取了当地文化的一些元素。其姓氏也有了变化，奥斯曼演变成了蔡，哈桑成了哈，侯赛因成了胡，沙赫成了沙。最常见的马和穆则来自于穆罕默德的读音，而韩则是较为流行的姓。这些人大都聚居在清真寺周围，其居住的区域初期叫“蕃坊”，后来改为“教坊”。多年来，人们对这些中国的穆斯林叫法不一，最后定名的是宋朝的教主苏菲尔，称他们为“回回教”，简称为“回”。①

明朝时，两件大事让陕西的回民巩固了自己的宗教仪式。其一是永乐皇帝下诏允许在西安化觉巷唐代的一座寺庙基础上重建大清真寺。今天的大清真寺就是在钟鼓楼落成几十年后修建的，其建筑既有鲜明的伊斯兰特色，也有中世纪华夏审美的格调。永乐皇帝的父亲洪武皇帝朱元璋曾经在军中重

① 苏菲尔是穆罕默德的二十六世孙、布哈拉的教主，他于宋神宗熙宁三年（1070年）率亲属和部下五千三百余人、驼马五千余骑朝贡宋王朝，被神宗授为本部正使总管——译者注。

用回族将领，回民的支持对明朝的成功至关重要。不论是亲自撰赐还是由他人代笔，永乐皇帝的《百字赞》歌颂的是先知穆罕默德和其追随者。在《百字赞》的最后他说回族“教名清真”，这一说法奠定了回族在中国的合法地位，故回民的寺院在中国被称为“清真寺”。其二是胡登洲倡导的“经堂教育”让人们通过汉语的发音来学习阿拉伯语的音节[①]。人们可以注意到，在中国的56个少数民族中，只有回族被认为没有自己的民族语言。

处于中心位置的大清真寺依旧吸引着人们前来朝圣和观光，带有伊斯兰书法的旅游纪念品以及化觉巷和回民街的特色小吃更是随处可见。其他当地的清真寺也各有特色，大学习巷清真寺就分外安静，这些天里只有猫叫春的声音打破安静。鸽子在明代的山墙上跳出跳进觅食，躲避着居住在这里捕鼠的猫。为了防止祷告期间发生流血事件，年迈的看门人王先生会立即拿起竹扫把清理每一个角落。有外国人来时，他会放下手里的工具，激动地讲述他怎样逃脱了甘肃的贫穷，失去了两任妻子，现在终于过上了舒心的日子，还可以见到来自巴基斯坦和欧洲的外国游客。面对新的外国朋友，这位留着胡须的老头会很谦逊地要一些外国的小额硬币，闲下来

---

① 胡登洲（1522—1597），字明普，经名穆罕默德·阿卜杜拉·伊莱亚斯，陕西省咸阳渭城湾胡家沟人，明代伊斯兰教学者、经师，因开创伊斯兰经堂教育，被中国穆斯林尊称为“胡太师巴巴”。所谓经堂教育，指的是在清真寺内开办的以传授伊斯兰宗教知识和培养伊斯兰宗教职业人士为目的的一种教育方式，又称寺院教育——译者注。

的时候，他就会把那些硬币堆起来，在他睡觉的床下摆成自己想象的图形。让王先生引以为豪的是大学习巷清真寺的确具有世界血脉，当年的住寺伊玛目（掌教）哈三曾经应征加入郑和的远洋船队，任西洋使团的“总翻译”。

这里另外一个曾经受人崇拜的人是陕西回民武术家马振邦，他出生在大皮院附近，那里很像民国时期的房屋，没有铺好的路。马振邦年少时因体弱多病而踏上习武之路，却从此迷上武术，与武术结下不解之缘。他投师众多名家，海纳百川，博采众长，终成一代大师，桃李满天下，培养出了赵长军、黄大鹏等著名武术运动员，为武术事业的发展做出了卓越贡献。他高超的武技和高尚的武德，堪为一代又一代习武之人的楷模。

目前，陕西的回民远远少于汉民，人数减少到了全省人口的百分之一，西安的回民大约有七万人。但在历史上可不是这样，1781 年，陕西巡抚毕沅在给乾隆皇帝的奏折中曰：

陕省各属地方，回民居住较他省为多。而西安府城及本属之长安、渭南、临潼、高陵、咸阳及同州府属之大荔、华州，汉中府属之南郑等州县，回族多聚堡而居，人口更为稠密。省城西安，回民不下数千家，城中礼拜寺七座，……西安回民大半耕种、畜牧暨贸易经商，颇多家道殷实及曾任武职、大小员弁及当兵科举者。

等到了光绪皇帝登基的1875年，类似的局面已不存在了。始于1862年的回汉之争毁掉了陕西和甘肃的基础设施，死于年馑和自然灾害的人数达到了两千零七十七万人。

现代西安的回民区几乎用不着介绍，就我所知英国的游客不是记得那里户外的烤肉和果脯，就是给自己家里的母亲或婶子买过丝绸围巾。总体说来，当地人很少到那儿的集市，认为那是一个吵杂的敲游人竹杠的地方。已故作家韩素音曾经描述过当年依旧带有“丝绸之路”遗风的回民区：

> 我喜欢西安的回民区，在20世纪60年代，那儿仍旧有今天的童话中才有的鲜见的动物，如安静的山羊，偶尔还有双峰骆驼。西安很迷人，有垂柳，正午的蝉鸣；有宫殿、寺庙和清真寺，有可口的当地啤酒和彬彬有礼的市民。从那里，我们踏上了去现代鞑靼和新疆的路途。我们将（乘飞机）沿着“丝绸之路”，像当年的驼队那样启程穿越沙漠，到印度、提尔（黎巴嫩古城）、西顿（黎巴嫩南部古城），再到罗马和亚历山大城。
>
> ——韩素音著，《再生凤凰》，第177页

我在陕西唯一一次见到骆驼是在兴平县马嵬驿村的鸵鸟园旁边，而且是被拴着的。家长付十元钱可以让孩子喂骆驼，要是想让孩子骑在骆驼上照相，得额外加钱。韩素音的描述带有一丝浪漫色彩，所以无法确切知道在半个世纪前的碑林区她所说的“偶尔”能见到骆驼到底是多久能见到一次。有

时会遇到很多羊，但遇到多是各式各样的牛羊尸体，不是被切割，就是在锅里煮着。在肉店里，特别是沿着大学习巷的店铺里，巨大的牛肝占据了整个柜台。虽然对内脏的消费不陌生（卤肝、熏肉拌洋葱、牛排、腰花等都是英国老家常见的菜肴），但我还是想不到这种如铁的内脏能做出什么样的菜肴来。

苏格兰犯罪小说作家彼得·梅描述的场面更有趣。他有一部小说里的两个主人公像彼得·梅一样是住在北京的外国人，为了给一桩谋杀案取证，他们来到西安，并想借机领略一下当地的回民文化：

> 接着，当他们离开坊上阴沉的外围，漫步到深处的中心时，嗅到的味道更香了。有印度的香料、茴香、芫荽、咖喱，五香羊肉、烤鸡等烹饪的香味。电动鼓风机就放在火盆下面，炉火正旺。长长的沟槽里木炭闪亮，空气中弥漫着一种让人流口水的烧烤味。大锅里翻炒着的是开胃的栗子和黑豆，大缸里的芝麻酱经过大火高温处理，再从芝麻饼里榨油。有理发店、瓜子铺、糖果贩子和五金门市部。有个小伙子正在人行道边的一个案板上擀面，他身后有个女人在一个石头水槽里洗碗碟。
>
> ——彼得·梅著，《第四次牺牲》，第 126 页

彼得·梅的故事情节设计得有点牵强，看得我晕头转向。但在所有的外国畅销书作家中，他（像大多数的旅游指南一样）倾向

于聚焦回民对陕西美食的影响，而且他对中国城里人欢快的日常生活也比较了解。

作为厨师，回民既是推广者也是革新家。羊肉泡馍的历史可以上溯到李白那个时代，但有可能是因为伊斯兰禁吃猪肉，以及为了解决冬天的饮食问题，泡漠才成了回民的主食。泡馍不论是羊肉或牛肉，真的是无处不在，从小饭馆到星级饭店都是菜单上的招牌，自己掰馍吃更是别有一番风味。游客大多是在如贾三那样的清真名店品尝。贾三家的店铺很显眼，店门口是多彩的仿明建筑，配的是贾平凹题写的匾额，其名声在回民街上比周围的店更为响亮。店里的墙壁上贴满了店主的简介照片，还有几十张老板和名人的合影。

回民培育了西安人对糖果的喜爱。最开始，中国的回民零售的是自己独立研制的太妃糖和花生糖，味道和英国的产品没有任何差别。比起从海边的破旧小店买塑料袋装的太妃糖，我倒是更情愿从推着小车，篮子里装着一大块的小贩那里切一块下来。就像从把油桶改成烤炉，在路边卖烤红薯的人那里买红薯一样，人家通常为了方便，一点儿也不在乎少要几分钱。

就花生糖而言，有一两家回民店铺在外面的棚子下会挂很多。原材料在人看不到的厨房里制作，但在夏季为了招揽顾客，会有一两个身体结实、头顶帽子的小伙子兴高采烈地公开制作，捣弄大半个小时，先是扭，接着分层，直到凝固，最后的成品用裁缝的剪刀剪成小块。对于那些不怕吃糖多的人来说，花十几块钱就可以买一大纸袋这样的花生糖。

多少年来声名最响亮的是黄桂柿子饼。由于柿子的含糖量和水分高，容易腐烂变质，因此，把柿子晒干，撒上面粉形成一层霜是保存这种水果的一个土办法。再进一步，还可以把其他诸如桃仁等东西加进去，做成掌心大小的柿饼，油炸几分钟，这样的柿饼外焦里软。临潼县的火晶柿子据说是由汉代的张骞出使西域时带回来的。在民俗文化里，张骞在引进植物上的贡献（如喂马的苜蓿）和他为了抗击匈奴出使西域一样有名。1644 年，李自成和他的队伍为了推翻明政权，进军北京路过此地时，当地人曾用柿子饼犒劳过李的将士们。

还有一种回民食品，西方人即使有意模仿，也做不出来。这种食品在 20 世纪后期不大流行了，但最近又在市场出现了，叫“镜糕”，名字让人有点捉摸不透。我知道的唯一解释是，这种甜品小小的、圆圆的，表面很光滑，特别像唐朝贵妇人喜欢随身携带的手镜。这个比喻并不荒唐，手镜是圆的，镶有银边，背面有装饰，如鹤或鸳鸯。在普通人看来，这种甜品的做法比较复杂。镜糕都是由小贩在推车上现场制作的，提供热能的是箱子里的烤炉或蜂窝煤炉子，热量通过一个个小小的气孔通到一层层的小蒸笼里。在没有上锅前，卖主在小蒸笼里放上材料，有糯米、红糖、白糖，还要加上玫瑰油和桃仁，并点上不同的色彩。有顾客买，卖主便会拿起一小笼，用一个竹签扎入取出。清初咸阳诗人王洪庆有诗赞之，描述的是夏日的景象：

柳荫槐下昼夜长，
镜糕担子亦生香。
童稚儿女共笑语，
且牵阿母欲一尝。

在旧中国，小贩不得不把所有制作镜糕的工具用扁担扛在肩上，那肯定是非常艰难的。故老乡们把放有炉子的一边称为是“一头热”，试想一个人每天挑着担子卖这样的美味，还不得练就一副摔跤手的体魄。

对有些人来说，回民街只是徒有其表，或者只是吸引外国人花钱的地方。想一睹其原汁原味风貌的人可以到周日早晨西仓的“鸟市”上去，那满是灰尘的巷子给堵的水泄不通，行人随时会有被自行车车把撞上的危险，因为总有骑车的莽汉想从人群中钻过去。要是你的眼光想躲开显眼的出售“伟哥”的小店（门前灯箱里的宣传画既有从色情光盘中拷贝下来的猛男，也有容光满面的克林顿），那就会又碰上生活中鲜见的另一面。我还清楚地记得第一次碰到穆斯林的葬礼，当时我正在观赏书法作品，巷子里忽然传来了悲哀的哭声。一两分钟过后，行人不得不退到两边让出一条道，因为有六个戴着帽子的人把逝者用担架举过头顶抬了过来。在英国，敞开棺盖的葬礼极其罕见，我一点儿都没有想到是这样，只看到了逝者的双脚，给人的感觉是有人患了急病。家人悲伤而虔诚地匆忙送其到清真寺的情景让我不想吃花生糖了，而是感到世事无常。

第七章

长安静谧的寺庙

遗产也会带来致命危险，或近乎于此。13个王朝曾选择在长安或其周围建都，但留下的遗产却并非都是坚固的大厦，倒像摇摇欲坠的红宝石坠子。2012年秋，有家国际媒体刊登了一组西安东郊的照片，让人吃惊，背景是韩森寨西光中学的操场。如人所料，用沥青铺就、整洁的篮球场周围是规划好的跑道，高高的十字形篱笆上嵌着一些羽毛球，由于离地面太高，老师和学生没法取下来。然而，恰恰就是在操场的中间，矗立着一座约六层楼高、倾向一边的石塔，投下来一道危险的阴影。相关报道说，这座万寿塔已有四百年历史，是一座规模宏大的明代大型佛寺的遗迹。城市空间的压力迫使校方要么放弃扩建计划，要么就把古塔圈在校内，校方选择了后者。2011年5月，一场大暴雨使古塔表面脱落，坠到了地上，在此之前几乎没人认真考虑过这座古塔的安全问题。这座勾起人们对西安复杂历史好奇心的古塔，现在成了对七百名学校师生安全构成威胁的噩梦。韩森寨对这个“比萨”斜塔的回应是：用一个巨大的钢夹把它固定起来。

人类的进步有时的确可以归入历史，但有时又反过来被历史灼伤。西安四周的佛、道、儒遗址极为丰富，也许是过于丰富了。佛教禅宗的六大祖庭都在这里，大慈恩寺曾经是玄奘工作的地方。从西方取经回来后，他就在那里潜心把印度的佛经翻译为自己的母语，而兴教寺则是他的长眠之地。法门寺有释迦牟尼的佛指骨舍利，周至县的楼观台是道教信徒的必到之处，老子当年曾在这里写成了《道德经》。写陕西的寺庙，罗列寺名、汇聚事实和数据实乃易事。但由于缺乏对宗教遗址进行详细审视的知识，我能做到的就是列出一些著名的或独特的寺庙，并对这些寺庙何以从建立之日到现在能经受时间的考验做点阐述。这些寺庙是否依旧能给人启示和静谧？在城市化和物欲的压力下，它们是否还能给人带来精神启迪？

有些受人们崇拜的寺庙已经和周围的环境完美融合了。东大街明代城隍庙（始建于1387年）就是城里人给土地神建的一个神龛。“城隍”的中文意思更清楚，因为其主城郭，守疆土。对城隍的阐述和褒贬说法不一，这要看其所庇佑的城市的祸福情况，以及每一代人对流传下来的民间信仰的接受程度。老实说，西安的城隍庙是三原城隍庙的蹩脚“兄弟”。三原城隍庙及其里面与之相映成辉的钟鼓楼和富有象征意义的悬顶辉煌了不少年头，是该县博物馆的奠基物，而西安的城隍庙过了好久才重拾在“文化大革命”期间所失去的辉煌。好多当地人都不知道大约五年前对这里的豪华翻修，更不用说祭奠城市亡灵的风俗和礼仪了。人们也许会到城隍庙大街两旁小巷里的商店来买春节、元宵节和清明时的用品，然而，即使在最新的旅游指南中也没有提到对这里的重修。

在城隍庙没法找到真正的静谧，和在湘子庙的情形差不多。湘子庙坐落在一家国际青年旅馆和所谓的“酒吧一条街”（德福巷）之间，其独特的家居模式会让人恍惚间以为这里在唐代可能是道教“八仙”之一、擅吹洞箫的韩湘子的家。这位年轻人拒绝了其叔叔，政治家兼诗人韩愈的教诲，在一次宴会上的谈话中，他拒绝放弃对儒家思想的崇拜。仙道认同了韩湘子的选择，因为他的酒葫芦总有倒不完的酒。

离开城市的局限，寻找静谧和得到启迪的机会就多了。郊外的香积寺位于长安县一个小村后面的塬上，浪漫的寺名意译为“香成堆”。这个偏僻的地方让我想起了托马斯·格雷[①]的诗句：“众芳吐艳无人见，枉费芬芳旷野中。”这位英国诗人是在斯托克·波吉斯的墓园旁边写下此句的，在他写下这句感慨的一千年前，唐代诗人王维就曾写诗《过香积寺》感怀：

---

① 托马斯·格雷（Thomas Gray, 1716-1771），是英国新古典主义后期的重要诗人，“墓畔派”代表诗人，此两句引自其代表作《墓畔哀歌》——译者注。

不知香积寺，数里入云峰。
古木无人径，深山何处钟。
泉声咽危石，日色冷青松。
薄暮空潭曲，安禅制毒龙。

那时，善导大师的教诲几乎还鲜活地存在于人们的记忆里。弟子怀恽为了纪念善导功德而建的这座寺庙，很快就成了佛教净土宗盛极一时的道场。佛教的禅宗提倡“顿悟”，而瑜伽则信“极乐”。唐高宗、皇后武则天及其儿子中宗曾到此礼佛，并分别赐法器于寺院，使香积寺声名大振。这一点让人对王维的幽静田园景象描述有些疑问，至少在唐代，这里并非“众芳吐艳无人见”，而是京城达官贵人向往、拜祭和崇敬的地方。

现如今，香积寺远处秦岭松林茂密的山坡依旧是“无人径”，但天却比城市的上空更加湛蓝。子午大道将这里与南面几乎无法通行的山峦隔开，路上的车水马龙淹没了远处的钟声。很少有人从城里的班车上下来，徒步几公里的土路到香积寺来。此实乃遗憾，因为他们错过了领略古迹的气息和一睹乡村空旷风貌的机会。香积寺村似乎没有什么吸引人的地方，只有一个用混凝土搭建的公共舞台。那还是在粉碎“四人帮”后修建的。在角落的一个烟草店旁边，有一幅宣传画，用天真的卡通方式讲解误用电线的危险。其中致命的戏剧场面包括一个男人非法乱接电线，一个豁牙妇女在带电的电线上晾衣服。快接近寺庙的时候，出现了另外的警示标语，说的是要警惕宗教崇拜的不良影响。这种标语似乎像一种强制性的装饰，让普通的游客体会到心灵上的喜悦。

在设备完善的人行道上和修缮后的讲经栏里，我喜欢的是那些不经意的亮点，那是大自然对香积寺的恩赐。在圆寂弟子的墓园里，倾斜的石碑上长满了三叶草，碑文只是依稀可见。这使我想起沃尔特•惠特曼①《自我之歌》中所表达的情感，特别是有一段，因为我的学生熟知禅宗基理，觉得“相当直白”。诗人认为墓地旺盛的生育力代表的是生物无休止的轮回，他对逝者赞颂道：

> 他们还在某个地方活着，并且活得很好，
> 那最小的幼芽表明世上其实并无死，
> 即使有，也会导致生命，而不是生的归宿、把生遏止，
> 而且生一出现，无所谓溃灭。
> 万物都在前进和扩展，不会隐遁，
> 死也并非人们所想象的那样，而是更加吉利。
>
> ——引自沃尔特·惠特曼《自我之歌》

---

① 沃尔特 · 惠特曼（Walt Whitman, 1819-1892），美国诗人、散文家、新闻工作者及人文主义者。他身处于超验主义与现实主义间的变革时期，作品兼具了两者的文风。惠特曼是美国文坛中最伟大的诗人之一，有自由诗之父的美誉。他的代表作是著名诗集《草叶集》——译者注。

最后这个“吉利”，让我的本科学生有点抓耳挠腮。要是我们用佛教的转世来看，那些死后投胎做了动物的人难道就真的比只能去天堂或地狱的基督徒们的日子好过吗？

我一直想去秦岭的深处，登顶秦岭，去寻找那些在偏僻的地方坚守佛家礼仪的信徒。类似的朝圣者已有前人，那就是美国诗人、翻译家赤松①。20 世纪 80 年代，在为《空谷幽兰——寻访现代中国隐士》一书搜集素材时，他就采访过部分在秦岭山峦中修炼的隐士。这些隐士大多已年过古稀甚至更为年长，躲过了一场又一场的浩劫，几乎是不闻世事。由于害怕自己失望，又恐怕这些圣徒早已作古，死去的肉身滋养着秦岭花草树木，我就没有步赤松的足迹再去寻隐。

我到过距山顶最近的地方是户县的草堂寺，位于香积寺的西边。这里已没有“草苫”可言，砖瓦水泥都颇有现代气息。柳公权等唐代大师的书法，从十六朝以来一直是这里精彩的亮点。鸠摩罗什在这里汉译佛经的伟绩远远早于玄奘建立译经堂。他翻译了《金刚经》和《法华经》等多部佛经，圆寂后，“薪灭形碎，唯舌不坏”，被奉为“舌舍利”。草堂寺的一个神奇传说与地热现象有关，缭绕在寺内古井上空的那层淡淡的薄雾据说是因为井底有一条卧龙，长安若有险，龙就会抬头。迷信的唐太宗李世民对此笃信不疑，并用此龙之气来治自己的眼疾。

---

① 赤松（Red Pine），其英文原名为比尔 · 波特（Bill Porter）。

另外一个翻译佛经的重要场所就是大兴善寺，我对此寺的了解是因为这里把美食和心灵的慰藉揉和在了一起。我原来的一位同事来自爱荷华州，他很激动，认为所有的宗教都是瞎扯。即便如此，在他因自己的胆固醇飙升而觉得烦的时候，我看见他也会偷偷地摸自己衬衣下的观音。他曾发誓说，只有在大兴善寺附近的餐厅里吃豆芽的时候，身心才最为安逸。那儿的素食都是由信佛的人准备的，原材料大部分是未加工或蒸好的，没有一丁点对血管有害的油脂。但这一罕见的待客之道好像也已被取消了。我最近一次去的时候，看到玻璃板下的菜单上出现了价格公道的松鼠鱼和糖醋里脊。

大兴善寺始建于西晋，隋朝及以后都有扩建。根据石碑上的图载记录，现在的全貌完成于 1725 年。和香积寺一样，大兴善寺在后唐最为辉煌，因皇室弘扬佛法而声名鹊起。印度密宗大师金刚智的弟子不空[①] 随师至长安，在小雁塔的荐福寺短暂旅居。这位大师寿高，一直活到了公元 741 年，直到和其他外国和尚被中国驱逐出境。五年后，他带着从印度大陆（印度大陆为次级的大陆板块）收集的佛经重返长安，从那以后，他就成了大兴善寺佛教密宗的领袖人物。

不空的影响非同一般。公元 757 年，安禄山起兵反唐，付出沉重的代价，但却以失败告终，不空被通缉并入狱。他想完成自己净化皇室和首都的计划，两年后，他为肃宗授“转轮王”

① 不空（Amoghavajra）音译为阿目佉跋折罗，意译为不空金刚，又名不空三藏法师、不空大师，或称不空智，唐玄宗赐号“智藏”——译者注。

（即佛教中的圣王）七宝灌顶。据说他还为代宗带来了神佛的庇护，通过吟诵《仁王经》，打败了由仆固怀恩率领的二十万叛军。仆固怀恩曾经帮肃宗镇压过安禄山。传说中，不空开口吟经，仆固怀恩就倒地而死，而叛军也从没有打到长安。仆固怀恩之死也许是因为征战劳累，当时恰好犯了心肌梗塞，而不是因为有神明的干预。

大兴善寺给人的震撼在于2006年修缮后的两座殿阁，一个是“平安地藏殿”，另一个是“救苦地藏殿”，里面的整体雕塑群所表现的是阴曹地府里的众生像。在深蓝色、高高的天花板上的藻井处，众菩萨在向一些小小的人物塑像微笑，这些人代表着忠实的弟子死后其灵魂到了天国。我觉得没有多少人会花时间去看上面的雕画，除非是人本能地将目光从地板上可怕的景象中转向上方。阴曹地府里的酷刑雕塑很逼真，描述的都是对下地狱者的惩罚。“刀山”是把一个人穿在有十几个刀刃的木板上。“啄眼”是一个人被反绑双手跪在地上，肩上站着一只鹰，不停地狠啄其两个眼眶，人的眼里冒血，疼得舌头掉出来，垂得老长。不幸下“油锅”的则是一个快被恶鬼煮烂了的人。对有些画面很难做出公正的评判。也许最残酷的是一个人被撕成两半，塞进了“石磨”，底下磨出来的是肉酱。

这些可怕的场景比另一个殿里的天堂景象给人的记忆更为深刻。我第一次看到这些模仿的场景就只是有点不舒服，但再次回忆却觉得毛骨悚然。又一次回到地藏殿，身后的门自动关上了。殿里响起一阵带着敲打木板的微弱音乐，让四周涌现一种怪异生机。惊恐之中我落荒而逃，差点在殿里的木柱过梁上撞断鼻梁，此情此景有点像年幼的简·爱被锁进了“红房子”。后来才发现，殿门本来就没有拴，不过是一阵风把门吹成了半开半闭状。

鱼和飞禽似乎更加享受大兴善寺里的宁静。在靠近佛门弟子宿舍的地方有一个满月型的池塘，里面满是金鱼和其他鲤鱼（也许这里是整个西安观看人们按佛教习俗放生的最佳之处）。林鸽在啄食和尚留下来的饼渣和谷物。

有些宗教寺庙的植物比建筑还值得一看。青龙寺的红白建筑虽然显得不那么古老，但其历史却和香积寺差不多。青龙寺里的神龛和殿阁在过去的五十年里全都重建过，这儿一直被认为是中日友谊的一个特别象征。唐朝时，一个名为空海的日本和尚在此住过，回到家乡后，他创立了佛教的真言宗。寺里的几十棵樱花树就是1985年日本四国地区的四个县（香川、德岛、高知、爱媛）赠送的，每年春天樱花绽放，赏花的当地人之多堪比华盛顿特区欣赏韩国吉野樱花的人。

新中国成立前，城里的一些寺院像西方城市里的一些教堂一样，以救济穷人出名。吴培均的《画说老西安》（2009年出版）记录的是20世纪40年代和50年代的西安，其中有对碑林区柏树林街卧龙寺的回忆。农历十二月初八，住在城墙里边的窑洞和窝棚里的穷人就会到这里来。简单的礼佛仪式一完，和尚就会给每人盛满一碗八宝粥，也叫腊八粥。“腊”是“月”

或“祭奠”的意思，“八”是个数词。腊八粥没有具体的标准，故“八”在这里只是一个大体的数字，其基本成分是糯米，里面可以加小米、核桃、大枣、花生、栗子、瓜子、干果和一些红糖。尽管出于宗教联想以及为了冬天暖胃，全国各地都吃腊八粥，但“舍粥”的习俗却没有延续下来。不过碑林区的居民依旧在卧龙寺礼佛。2015 年的一篇报道说，很多人从凌晨一点就起来排队，为的是能得到一碗免费的腊八粥。在举行礼佛仪式的日子里，寺里的大烛台上立满了蜡烛，红红的黏稠蜡油都流到了地上。

在我去过的所有关中寺庙中，西安的广仁寺与周围的环境最为不同。广仁寺位于西安城墙内的西北角，占地十六英亩，是陕西唯一的藏传佛教（喇嘛教）寺院。寺里面几乎没有树，1931 年，寺庙附近弹药库的一箱弹药爆炸，所有树木都被毁掉了。寺院正门两侧有八座白色鎏金的佛祖八宝塔，人沿小巷来到南边，尽管周遭的气氛压抑，但宝塔依旧闪闪发光。朝拜者敬献的五彩经幡像彩虹一样斑斓，让人感觉如同来到了香格里拉。寺里面的壮观情景确实让人在西北感受到了视觉中的神秘天堂。那里的其他装饰（如六点六米高的“千手观音”菩萨像，出自浙江的一位雕刻大师之手）虽然与周围的环境特别吻合，但却闪烁着现代色彩。

中国人常用一个古老的成语来形容宗教场所的宏伟，那就是——金碧辉煌。广仁寺的主色调是金黄和红色，给人一种崭新的感觉。这是因为保护得好，并非因为历史根基浅。广仁寺始建于康熙四十三年（1703），当时的皇帝为了大清国的边陲安定，除了保护喇嘛外，还有意保护藏传佛教，邀请拉萨、青海和西部地区的喇嘛进京。广仁寺就是大喇嘛进京路过陕西时的住所，除了康熙皇帝的御笔题词外，还保存有一些其他可与之媲美的古董。就在御碑亭的前面，有一面镶龙的照壁，用的石料看起来和玻璃罩内的汉白玉莲花缸相同。莲花缸厚实，呈乳白色，我一下就看出这和一个世纪前一张发黄的照片上的文物一模一样，证明此物是从城北一家被毁了的寺庙中抢救出来的文物。

说了这么多，要是有外国游客来西安并问我城里最好的地方在哪里，我一般是陪他们去东门外边道家的八仙庵。20世纪初，曾有显贵到访此地。当年北京动荡，落魄的慈禧太后来这里避难，这个安静的场所便成了她落难时画牡丹的消遣地。为了报恩，慈禧赏银千两，这显然是帮了大忙。我的荷兰朋友，艺术家白丽诗（Liz Bijl）几年来一直在这儿学汉语，早在几年前，她就坚持为我介绍这里的牌坊和竹林。据她估计，古迹越宝贵，就越可能被摩天大楼所包围。而被栅栏围起来的东西就不会有此厄运，大兴善寺和小雁塔如此，八仙庵也不例外。

八仙庵最吸引人的地方就在于它能激起人的热情，哪怕你是不经意间来到这里。香炉里的香灰堆成了山。人们经过刻有道家语录的柱子时，有些字如“康”“升”和“盛”等字已经被人们用手摸得有些看不清了，人们期望触摸这些字会给自己带来相应的好运。虽然我不迷信，不相信算命，但我还是禁不住掺和进去了。我花 20 元，抽了一次签，让一位道士给我算命。得知我要算的是“事业前程”，坐在桌子后面的道士一动也不动，从他藏在耳朵后边的灰白鬓角里抽出一支笔，在他面前当地报纸的体育报道版面上乱画着（这让我觉得那好像比我的命运重要得多），然后对我说：“多和中国人交往。”再一细问，人家就拒绝回答了。“我也能告诉你这一点，然后用你省下来的 20 块钱买午饭。”白丽诗有点恼火地说。

沿着八仙庵，可以到比其小一点的罔极寺去寻找真正的宁静。罔极寺是命运多舛的太平公主于公元 705 年为给母后武则天祈福而建的，寺名取自《诗经》“欲报以德，昊天罔极”一句。我写此文的时候，那里似乎已经空闲下来了。里面少有吸引游人的石碑和雕像，在苍翠的大院里，碰到的是几个小时前还在进行修复的作品。孔雀棚的旁边有几堆用来盖新阁楼的青砖，每一堆上都标有功德者的名字，如李宝玉、吴晓蒙、刘立文、薛玉兰、张鹏，王翠芝等等。这些人都是每人捐 50 元，好帮助寺里的姐妹少呆在潮湿的地方。

出口把门的是一位小老太婆，她注视着我们的白脸庞，好像是想在我们脸上看到她自己的镜中影，又好像是审视我们的灵魂。她是这里的女住持，已近耄耋之年，嘴里只剩两颗牙。她一伸左手，手里是两只小香蕉；然后又一伸右手，手里是三颗湿黏的草莓。她说的话，既不是普通话，也不是陕西话，我们两人听不懂。她很快活地嘀咕了几句，说话的频率好像是敲木鱼。我们不得不吃了，吃完后，她才匆忙走回了寺里。这种情况我是第一次遇到，这个人不要我们捐功德钱，也没有要求我们施舍，而是好客地赠予，不管她送的东西多么微不足道。我多想运用佛经上的名言来评价她的举止啊！但我想到的只能是《圣经》上的话：

耶稣面对奉献箱坐着，看众人怎样把钱投入奉献箱里。很多富有的人投进了很多钱。有一个穷寡妇来，投进两个小钱，值一个铜币。耶稣把他的门徒召来，对他们说："我确实地告诉你们：这穷寡妇所投入奉献箱的，比所有的人投的更多。因为大家是从自己的富余中拿出来投进去，而这寡妇是从自己的缺乏中，把她所拥有的一切，就是她全部的养生费用都投进去了。"

——《圣经》，马可福音，第 12 节

第八章

宝鸡的清明节

在庙与庵中间那条被拆了一半的小巷里，我们绕着碎石和瓦块走。一路上，白丽诗的描述让我后悔，后悔一年前没陪她和两个从波尔多来的交换生朋友到这里来，她们对这个古塬印象深刻。每一栋被封了的楼上都有一个新喷涂的“拆”字，那字冷漠得如同动物被宰杀后，冰冻起来时身上的标记。

因我从未目睹当地居民每人手持一塑料牌（之前材质是象牙）到公共水房排队取水，不知是否可信。这是帮助外人判断东西方发展不平衡的一个标准。我的外婆出生于1913年，她坚信自己家是上流阶层，因为家里人从来不用公共卫生设施。她的妈妈用不着和其他家庭主妇一样，到“杰里巷”用桶去提水（大家可以猜出叫“杰里巷”是因为她们手里的桶名），或是排队等着领牛奶。也许正是因此外婆才得以保全性命，否则就不会有我的存在了。在布尔战争和第一次世界大战之间的那段日子里，我的老家东赖丁村[①]婴儿死亡率很高，人们（当时还不知道）怀疑就是因为附近的厕所渗水，污染了地下水源。

西安东边街道下的储污量超出人们的想象，从当地人那里得知，在20世纪80年代，每天的街景就是成群的当地居民夹着腿，等着使用已经溢满且几乎堵塞的公共厕所。有丈夫替妻子排队的，也有妻子替丈夫排队的，常常是到早饭点和晚饭点才轮到自己。

在西安东门附近依旧能看到一些根深蒂固的传统。热闹的道观和佛寺使得宗教物品热销抢手。虽然白丽诗不信教，但她在法国和地中海周围的乡下旅游时却收集了很多祈愿信。到了中国，她的兴趣转向了冥币和其他一些为逝者焚烧的仿制品。过去人们用硬币压在祭祀纸上留下钱的图像来制作冥币，这一过程很费力。焚烧携带方便的冥币是一个古老的习俗，烧过的冥币会转给自己逝去的亲人。与真钱如出一辙的冥币面值巨大，有25万和百万大钞，让逝者方便应对阴曹地府昂贵的费用问题。有的冥币和真钱一样有毛主席的头像，有的则印的是在道教里主宰地府的玉皇大帝的头像和签名。

---

① 东赖丁（East Riding），英国英格兰东北部约克郡的旧地区，现为亨伯赛德郡的一部分——译者注。

今天，献给祖先的祭品与时俱进，颇具 21 世纪的消费观念。西安的小摊上不仅有冥币，而且有仿造的衣服和其他准备孝敬逝者的东西。白丽诗看好几双精美的拖鞋，做工很精巧，鞋匠肯定是根据模型做成的。等回到住处，用镊子夹着仔细一看，她发现鞋帮是用烟盒做的，透过那些华丽的金属红和黄色外饰，还能看到小小的缝隙。

有两样东西吸引了我的目光，一个是用玻璃纸封着的礼品盒，里面有假的芬迪太阳镜、信用卡和阿玛尼钱包。外国的媒体报道说近来用硬纸盒做的苹果手机很抢手，这显然是因为南方的一些人愿意花几百元人民币让自己的先人领略最新的智能科技。另一个盒子里有一个普通的诺基亚手机，只卖十元（相当于一英镑），很不错。好东西还在后面，店家在我的鼻子下摇晃着一个长方形的银色盒子。看啊！那可是一模一样的立体苹果平板电脑，让人更惊喜的是，打开包装，里面还有显示屏和键盘。

我们的谈话随之充满了戏谑，涉及的话题有“要是老奶奶不会用屋里的固定电话，送个蓝牙设备她会不会心花怒放呀？”大家最后的结论是，这么多的现代化商品和扎眼的排场反而失去了孝道的最初动机。其实对风俗中这种赝品的讽刺早就有了，只是我们不知道而已。我把这个笑话讲给我的一个同事后，他的反应是：“要是想要，老奶奶当然可以有蓝牙、苹果手机和电脑了。现在乔布斯已经去了阳间彼岸，更忙了，忙着给中国故去的老爷爷和老奶奶演示怎样使用这些高科技。”

买回来的纸制品就堆在我们的屋子里，不久就是每年一度的清明节了。

清明节的习俗是祭奠祖先。“清明”的意思就是“清洁而明净”或“特别敞亮”，而更为形象的叫法应为“扫墓日”。清明节已有两千多年的历史，在唐玄宗时期受到重视。当时每年的节假日很多，长安的富贵人家为祭奠祖先而发愁，唐玄宗颁布政令，将民众对已故先祖的祭奠日定在春分后的第十五天。为了使自己的政令更有说服力，唐玄宗依据的是孔子的思想，儒家的《孝经》当时作为孝敬长者的主要法则已经有近千年的历史。唐玄宗诏令对圣人所言“宜令诸儒并访后进达解者，质定奏闻”，并亲作《孝经序》，在序中谴责“异端起而大义乖”，强调“庶几广爱刑于四海”，呼吁“以孝理天下”。玄宗还亲自立书，刻序于碑，以便“庶几有补于将来”。现在，“石台孝经”依旧屹立在西安南门里的碑林博物馆里，该博物馆的原址是孔庙。玄宗的思想对后人的影响比他自己想像大得多，“石台孝经”的拓片在附近的书院门市场是特别受人们青睐的旅游纪念品。

清明节并不只是一个公开表达孝心的肃穆节日。河南开封的画家张择端给人们留下了北宋灭亡前清明节时的热闹场面。《清明上河图》里桥上拥挤的人群景象，即使对于那些想不起画家姓甚名谁和画名的外国人来说也是很熟悉的。在刺绣和折扇上，现在甚至是在鼠标垫上都有这幅大作的影子。确切地说，桥不过是这幅全景画的一个细节。张大师的这幅庞大画卷宽 25 厘米，长 5.25 米，唯一欣赏长卷全景的办法是一次展开一小部分。这样，人们就可以看到清明时节的准备工作和繁荣的交易景象。其画面显然是从商业中心的城内一直画到宁静的田园，画中的农夫有的在认真地举行仪式，有的正在干活中间小憩，只有这些人知道他们所在的位置最适合赏花并享受这风和日丽的天气。

在中国共产党领导的时期，政府对清明的活动有所改变，1949 年以后的官方日历上取消了这个节日，觉得这是旧中国遗留下来的带有封建迷信色彩的陋俗。但恢复清明的愿望显然从未完全消失，现在合理的清明节（从 2008 年起被恢复为法定假日）具有广泛的草根基础。在乡下，家人会聚在一起，回忆已故的爷爷奶奶或父母亲的逸事，并成群结队去上坟。他们会把墓碑擦干净，在坟头供奉水果，插香并上酒，把拴着黄布条的木棍插在地里当符，好赶走墓地里的恶鬼。

我们选择到宝鸡去度清明纯属偶然。省政府要在两位华夏先祖的陵墓，即延安附近的黄帝陵和宝鸡的炎帝陵前举行盛大的祭奠仪式。参加黄帝陵祭奠仪式的有上万人，包括省长和不同级别的官员以及众多大大小小的媒体。就宝鸡而言，整个活动毫无疑问很有好莱坞著名导演塞西尔 •B• 戴米尔[①]式的大手笔，但美中不足的是城市空间并不大。

---

① 塞西尔 ·B· 戴米尔（Cecil B. de Mille），好莱坞早期大牌导演和制片人，善于营造大场面——译者注。

宝鸡实际上就是一个二线城市，距西安不到两个小时的车程，中间隔着的是部分河床已经干涸的渭河西段，城市坐落成八字形。1938 年，汉口被日本侵略者攻占后，许多厂家和商家沿着比利时人修建的陇海铁路逃到铁路的终点关中西部，使这个城市一下子迈进了现代化。美国摄影记者哈里森·福尔曼[①] 称宝鸡是一个“带有前线气氛、热闹的新兴小城市”，他还注意到这儿隐蔽的地理位置特别适合开展地下制造业：

> ……中国最大的纺织厂申新纱厂内迁到了宝鸡，把机器安装在悬崖上又大又深的窑洞里，虽然屡遭轰炸，但却连纺锭都没有发生过震动。有四千人在这些窑洞里工作，这里的照明和通风设施很好，看上去像刚刚粉刷过的地铁隧道。
>
> ——哈里森·福尔曼著，《红色中国报道》，第 3—4 页

在外籍“中国通”人士的援助下，为了弥补日本侵略对中国本土工业的毁坏，宝鸡当时被建成了新“工业合作社”[②]

---

① 哈里森·福尔曼（Harrison Forman）是一名美国记者，1944 年夏，他冲破重重阻碍，从国民党控制下的重庆一路北上，到达延安及中国共产党领导的华北抗日根据地进行战地采访，向全世界真实报道了抗战圣地延安，报道了模范抗日根据地陕甘宁边区及艰苦卓绝、英勇抗日的八路军，写下了轰动中外的《红色中国报道》（*Report from Red China*），此书后来被译为《北行漫记》——译者注。

② 工业合作社（industrial cooperatives），简称“工合”，工合运动是抗日战争时期国内爱国人士和海外同情支持中国革命的海外友人共同建立，专门用于提供军事物资和民用物资的组织，在抗日战争期间曾发挥了重大的作用——译者注。

的实验区。如果说延安是中国革命的思想中心，那么宝鸡就是中国抗日的生产车间。海伦·福斯特·斯诺如此说道：

> 一个"工业合作社"最少要有七名手艺相同的工人，一般是有十五到二十人，最多不超过八十人。
>
> ——海伦·福斯特·斯诺著，《中国为民主奠基——中国工合史》，第 6 页

作为一项回避资本主义和帝国主义双重剥削的民间运动（尽管是上层发起的），"工合"已经被写进了中国现代史。1941 年，美国人格雷厄姆·佩恩（Graham Payne）见识了宝鸡的真实情况，并在他的著作《两种时间观》（*Two Kinds of Time*）中，难得地对"工合"的创始人之一，新西兰人路易·艾黎（Rewi Alley）直言不讳地提出了自己的看法。西安交通大学的刘丹玲（音）很快将这篇文章翻译成了中文。路易·艾黎身材高大、高鼻梁、一头浓密的褐发，让其惊讶的是在城里不论到何处，人们像神一样在敬仰他。即使他是在夸夸其谈，人们也乐意当真。佩恩曾经看到拧绳子的工业合作社滥用挣来的钱，如为了取悦这位新西兰恩人，装饰门面把墙刷白。由于"工合"的管理混乱，技术不熟练的工人居多，往往是需大于供。更有意思的是，"工合"对童工比较宽松，不像私人作坊一样压榨他们，从而成了中国民众团结的象征。佩恩注意到即便是在宝鸡，这些对当地的贸易影响也是有限的。他估

计一个地区有三家专营“工合”产品的商店，就会有一百家其他工艺更好的私人厂家的零售店。就连路易·艾黎本人也开始怀疑自己的做法能否有效地为将来的新中国夯实工业基础，他说：

> 我们的努力不合时宜，对于官方来说是早了一千年，而对于民众来说又是晚了一千年。
>
> ——格雷厄姆·佩恩著，《两种时间观》，第 8 章

我和白丽诗走了一个多小时，想找一家普通的旅社过夜。市中心的楼群无数，但让我们困惑的是除了商务酒店及闪烁着俗气灯光的高档 KTV 外，别的几乎没有。把行李放在“东方红”宾馆后，我们便径直去了城里远处一个吸引人的地方。闻名西部的青铜器博物馆最近刚刚从原来的旧址搬到了旁边宏伟的鼎型建筑之中。

为了让游客在见到宝贵的展览前感受其辉煌，前面的山坡被建成了一个分层的雕塑公园。山坡下的东西有点怪异，未长高的灌木丛中，有设计成岩石一样的立体喇叭，循环播放着英国当代著名流行歌星阿黛尔·阿德金斯和其他感伤歌手的最新劲歌。在阿黛尔“Rolling in the Deep”的旋律中，我们想象起这块山地以前是陈仓文化的摇篮。

这对陕西省的旅游界来说是一个响亮的项目。西安的主要吸引力早就与秦始皇和兵马俑联系在一起了，宝鸡政府现

在就是想把这里打造成公元前11世纪周公的故里，以此来提高本市的地位。周人部落以渭河为基础建立了周朝，其成就之一就是继承和完善了商的青铜铸造技术。现在在宝鸡周围，几乎每个月都有从公元前一两千年的古墓中出土的青铜器。青铜器博物馆的镇馆之宝是大克鼎，底部三足，是周人烹饪食物的精美器具。

有记载的历史和大众文化使周人的声誉颇为矛盾。如果用20世纪后半期流行的马克思主义历史观来看，可以说是周公废除了商朝的奴隶社会，并建立了类似后来中世纪欧洲的一套封建制度。《汉书·地理志》中记载："子、男五十里，不满为附庸。"而"王千里，公、侯百里，伯七十里，男五十里。"在这种情况下，有形的物质就成了一种权力的象征。青铜鼎不仅仅是一件烹饪器皿，刻在上面的铭文记录的是其主人或先祖的功绩。拥有鼎的数量和个人的身份直接相关，《周礼》言"王九鼎、诸侯七鼎、卿大夫五鼎、士三鼎"。这种等级的另一面说明周人并没有完全废除原先奴隶社会的一切，而在上流社会依旧用活人殉葬。妻妾在丈夫的葬礼上作为其财产殉葬被认为是一种荣耀，宝鸡的青铜器博物馆里就有复制的墓冢断面，里面有金属器皿、小装饰品和人的大腿骨。

有些更为可怕的传说虽然没有被证实，但却一直在玷污周人的名声。周文王是周朝的奠基者，而实际上是他的第二个儿子周武王在公元前1046年的"牧野之战"中取得了决定性的胜利，消灭了商。周文王的长子伯邑考为何没有继位仍然没有定论。有两部早期的历史记录暗示伯邑考被废王位是因为周朝实行的不是长子继承权。后来明朝《封神演义》中的故事有点像莎士比亚《泰特斯·安德洛尼克斯》中的情节。商朝最后一位国王有个妃子名叫妲己，是个邪恶的狐狸精。商朝的大敌周文王被软禁时，她利用这个机会，佯装关心实施了奸计，让伯邑考迷恋上了她，妲己随后就告他非礼了自己。纣王为了报复，残酷地处伯邑考以醢刑，并将他的肉做成饼送给其父周文王姬昌食用。狱中的文王接到肉饼吃了，他知道为了不检点的儿子，自己活该接受这耻辱。周文王是占卜大师，将原来的八卦演绎为《易经》中的六十四卦。出狱的时候，他吐出了肉饼，肉饼化为了三只白兔，成了月神嫦娥的仆人。

有关周王室各种各样的耸人听闻的传说有很多，有人说声名狼藉的酷刑“千刀万剐”(“凌迟”)就始于周，但现在几乎可以肯定这种酷刑的出现不会早于公元18世纪。在中国历史的主流中，周文王一直被尊为有远见的军事家，《诗经》中描述其功绩的诗篇很多。汉朝开国皇帝汉高祖刘邦言“盖闻王者莫高于周文”。周文王虽然没有像秦始皇那样统一中国，但从字面上讲，这个国家的起源是在古西周。1963年，宝鸡陈仓区贾村镇出土的酒器“何尊”内底铸有铭文12行，122字，其中有“中国”一词最早的文字记载。

作为西周文明的一颗璀璨的明星，周公庙占地面积62

万平方米，位于岐山城西北六公里处的凤凰山南麓。《诗经》中对其独特的地理位置描述是“有卷者阿，飘风自南”。当地人认为周氏部落很重视此地，视其为礼乐圣地。后世各朝大都有所扩建，直到现代的考古队在此发现了商朝的甲骨文残片、1500余米的夯土城墙和西周的高等级墓葬群后才得到了确证。

周公庙的主要建筑相对来说“近代”一些，是在唐武德元年（公元618年）修建的。除了中国，在哪里还会有1400年前的建筑被冠上“近代”的头衔呢？我用两个小时参观神殿，收获颇丰，对这个国家的各种民间信仰有了更充分的认识。有些唬人的东西，如玉石爷，是西周灭亡后，一些外国的宗教被介绍进来并被本地化以后的产物。迷信的人会敏捷地越过被人踩得很光滑的洞穴通道去摸玉石爷，传说用手抚摸玉石爷，可治百病。而那里的回音碑，轻轻一敲就有共鸣。

庙中也陈列着周王室的族谱，根据传说周公是“谷神”后稷的后裔。在夏朝，也就是在大禹治理黄河救民于苦难的时候，后稷认识到应该根据时令“教人稼穑”，而不是在野外觅食，方可使社会进步。他随后将种植葫芦、大豆和水稻技术运用到了农业生产上，后来全球有一半人以水稻为主食。《诗经》中的“大雅”第245首描述了他在春天的祭祀：

或舂或揄，或簸或蹂。释之叟叟，烝之浮浮。

载谋载惟。取萧祭脂，取羝以軷，载燔载烈，以兴嗣岁。

在岐山的后稷殿里，令人宽慰的是买不到祭祀的羊，祭拜的人可以看到他的塑像，欣赏北方的枳和其他树种。

参观后稷母亲的姜嫄殿给人更多的是精神食粮。虽然后稷的母亲几次将他“弃而不养”（故其名为“弃”，就是被遗弃的意思），但他几次大难不死，而姜嫄生后稷的传说让世人尊称她为圣母。司马迁在《史记》中说，姜嫄是帝喾的元妃，后稷乃其自然受孕而生，但《诗经·大雅·生民》中云：

厥初生民，时维姜嫄。
生民如何？克禋克祀，
以弗无子。履帝武敏歆，
攸介攸止，载震载夙。
载生载育，时维后稷。

据说姜嫄生稷是“履大人之迹而有娠”，这倒给现代有生育压力的母亲带来了希望。周公庙的姜嫄殿成了人们代孕和试管受精外的一个迷信选择。只要掏20块钱，就可以买一个留着彩色辫子，头很小的泥娃娃，给泥娃娃的脖子上拴一根红绳，放在供桌上，同时对着姜嫄念经就行。从有些穿着考究的女游客急于离开人群的样子，可以看出她们是政府的工作人员。也许害怕超自然的力量会使自己怀孕，从而违反国家的计划生育政策，她们不敢跪拜后稷的母亲。

褐色皮肤的泥娃娃排列在桌子上，像在阳光下玩耍的兵马俑，是很有炫耀价值的纪念品。然而殿里的工作人员坦率地拒绝未婚的外国人买泥娃娃，他们是不是依旧相信老话，野蛮的外国人会让中国姑娘“吃亏”？外面广场上的小贩倒是更好说话，10块钱卖给了我三个，但不能保证有魔力！

宝鸡市区没有周公庙那神话般的吸引力，不过重塑品牌的意识使城里到处都有“周”的字样。以前庄重的人民公园移走了牡丹和竹林，代之而起的是雕塑步行街，给人们展示的是深厚的周礼文化。就连草坪边上深绿色的告示牌也被精心制作成了“周”字的形状。告示牌上用中式英语 写道：“鲜花常在，看你举止”，“小草青青，足下留情”，“小树在长勿动手”等，既让人觉得可爱，又让人心里不舒服。

第二天早晨，从宾馆去炎帝祠的路上，我们亲身感受到了小城人民的好客。炎帝祠将举行清明祭奠仪式，一群当地的老人围着一两位业余书法家，看人家用海绵做的大毛笔头，蘸着水在人行道上写字。书法家的大字写的是有一百多种形状的“龙”字，让人迷惑不解的是，这个表意文字总让人觉得像是兽角、可怕的爪子和冒烟的鼻孔。活动的一个主要内容是中学生在他（她）们整天穿着的美特斯·邦威或真维斯校服外套上一件黄袍，举旗走过广场。不论仪式有多么怪异，炎帝陵却始终坐落在远处看不见的山顶上。

被排除在外的我们很丧气，白丽诗在想办法和当地人套近乎。她借了一把毛笔，用她那漂亮的草书在地上写下了“宝鸡”“西安”和“陕西”等字。那些老年人呵呵笑着，急着照相。笑声大了，然后一群人和几个安保人员走过来检查我们的护照和门票，并确定我们不会惹麻烦。还好，我们没有出现在当晚的新闻里。

除了以上热闹景象，宝鸡是个罕见清静的地方。清明节的当天晚上，街道上实际上是空荡荡的。四周一片寂静，只有打烊后的餐馆里不时传来麻将声。不高的公寓窗户里闪烁着烛光，和上方散发着磷光的昆虫一道构成了一团暗淡的星云。

我们在街上走着，仍旧有带着白手套的警察在挥舞着手臂。都这个时候了，他们是在指引老奶奶平安回家吧！她们跪在指定的火盆前，有的火盆很像玻璃纤维做的三足鼎。把纸钱放到鼎里之前，每个老太太都是跪下，双手合十好像是在念经。有的纸钱立即被烧完了，有的掉在了旁边，飘到了人行道上。风一吹，火更旺了，纸化成了灰飞到空中，有些灰烬朝我们这个方向飘来。

白丽诗看着这一切感到很困惑，“我这辈子无论如何也无法理解有组织的宗教，”她说，“我那住在阿纳姆的奶奶大概信的是路德教，我们家的孩子也出去受洗，过复活节和圣诞节等，但那都是 20 世纪 50 年代的做法了。我无法想象，即使我奶奶相信死后有来生，她也不想让我们又跪又拜地祭奠她不朽的灵魂。”“我觉得这有点像‘篝火之夜’[①]，”我说，“不过就是大家表情都很严肃，没有篝火，也没有给孩子们的太妃糖。”“好啦，要是她们确实相信有来世，那这些年长的老乡就是在凝望着她们一去就不再复返的深渊。你觉得呢？”是啊，我也有这种感觉，但我只能开个玩笑了：“深渊距我远，离你近。呸，摸木头吧[②]。”我实在是心口不一啊！烧纸钱让我想起了我外公去世前的情景。由于患了老年痴呆症，思维混乱，他觉得除了铜和银的硬币，其他的都不是真钱。外婆出去一下或是去趟厕所，回来就发现攒下来的退休金在壁炉旁边一堆一堆的在冒烟。她得到的唯一解释是：这些“过时了的商场购物卷”和“没用的发票”早就该销毁了。显然，他是不好哄的。外公去世八年后，她临终的时候，我妈妈才从她手里拿到了她躺椅边上藏宝箱的钥匙。妈妈发现箱子里有超过二百五十镑用橡皮筋扎着的钱，都是从我外公那儿哄来的。

“冷得该下雪了吧？”白丽诗拂去落在我衣服肩上的灰尘。“也许吧，”我说，“你知道我不喜欢詹姆斯·乔伊斯，但我时

① “篝火之夜”（Bonfire Night）又叫“盖伊·福克斯之夜”（Guy Fawkes's Night），在英国已有400多年的历史。人们最初庆祝这一节日是为了维护对宗教和国家的忠诚，这是一个政治性节日，1605年，罗马天主教徒盖伊·福克斯及其同伙因为不满国王詹姆士一世的新教徒政策，企图炸死国王，并炸毁议会大厦。他们成功地将36桶黑火药运进了议会大厦的地窖，准备在11月5日采取行动。然而，这个“黑火药阴谋”（Gunpowder Plot）被揭发，国王和大臣幸免于难，盖伊及其同党被以叛国罪处死。盖伊·福克斯最终在1606年1月被处以叛国罪中的极刑——绞刑、取内脏加上车裂，他的尸体被分送英伦三岛的四个地区示众，警告民间图谋不轨者会遭到相同的下场。英国民众便燃起篝火，庆祝胜利。从此以后，英国就形成了庆祝“篝火之夜”的传统——译者注。

② 迷信认为可以避邪或在儿童游戏中免被捉住——译者注。

不时会不由自主的想起他《死者》的结尾。”[①] 中学时为了考试死记硬背的东西一辈子都忘不了啊！

他睡眼蒙眬地望着雪花，银色的、暗暗的雪花，在灯光下飘落……他的灵魂缓缓地昏睡了，听着雪花轻盈地穿过宇宙，绵绵落下，如同最终的结局那样，飘散到所有的生者和死者身上。

随后我们就睡觉了。

① 詹姆斯 · 乔伊斯（James Joyce, 1882-1941），爱尔兰作家、诗人，20 世纪最伟大的作家之一，后现代文学的奠基者之一，其作品及“意识流”思想对世界文坛影响巨大。主要作品有短篇小说集《都柏林人》，自传体小说《青年艺术家的自画像》和长篇小说《尤利西斯》。《死者》是其早期作品《都柏林人》中的压卷之作——译者注。

第九章

陕西乡村掠影

农民永远是中国的重要组成部分。在西安的陕西省博物馆里，人们可以看到一尊汉代墓葬的石雕，是一个人赶着牛拉的独角犁在犁地。在城外，这一景象历经两千多年仍未改变。在田野里，一群群人弯着腰，没完没了地辛劳着……不论到哪里，不论人们用什么工具，风景里永远是草帽下弯着腰的人。

——芭芭拉·W·塔奇曼著，《中国纪行》，第 17 页

40 多年前，毛泽东和理查德·尼克松总统打破僵局进行会晤的前夕，著名的美国历史学家芭芭拉·W·塔奇曼对中国进行了一次调查旅行，目的在于让自己的同胞对这个国家有

一个大概的了解。陕西很可能以其丰富的古迹和当代“中国西部粮仓”的声誉被她选为造访的地点，她的分析带有一定的浪漫色彩。

关中平原的现有人口超过了两千五百万（比澳大利亚全国的人口还多），但除了西安、宝鸡、咸阳和渭南等城市中心外，到处弥漫着农村的气息。沿着高速公路前行，映入眼帘的一切新颖而别致。路边忽然冒出了许多独立和半独立的住宅，屋顶上通常都装着小型的太阳能设施。唯一高点儿的地方是丘陵、黄土高坡和古代皇帝的墓冢。单调的平川地带上，点缀着瓷砖装饰、古香古色的楼房。农民新建的房子几乎都不协调地装着两扇大门，每扇门上都镶着门套和很大的门环，上面有主人喜欢的标志。很少有麒麟，因为人们想不到会有祥瑞出现。大多数人家的门口都很宽大，电动车和农用拖车可自由出入，农用拖车晚上停放在院子里很安全。

生死轮回在这里不可避免地上演着，地里到处都可以看到一排排墓碑，好像各有特色。有的就只有一个墓堆，而有的则有墓碑，上面密密麻麻的刻有逝者同族人的名字。新坟不难辨认，普通的花圈通常都是一个大的同心圆，周围是纸做的花和彩带，中间挂着挽联。在我看来，这些五颜六色的花圈怪怪的，让人会联想到射箭用的靶标。然而，仔细一想，城里人的生死仪式都安全又卫生。在西安一些特定的地方，特别是在文昌门附近的花卉街和卖戏衣的街道，还有人在做花圈。但这些花圈很少被当作与死亡有关的物品。在毛泽东时代，城市里就开始严格地执行火葬，这一点从未变过。火葬场和墓地都是建在远郊，人们很难看到。

只要到了乡下，就能亲眼看到人们对逝者的敬畏依旧非常隆重。葬礼的色调是白色，而不是黑色。从人去世到最后下葬，有七天的哀悼日。礼仪规定逝者的亲属要从头到脚都着白色，头上也要戴白布帽子，这种帽子通常只有外科医生和上了年纪的穆斯林女人会戴。悲痛与日俱增，当一个人的最后一位长辈离世的时候，他们就有责任尽孝，一举一动都要表现得无比悲痛，连日常事务都无法打理，比如要趿拉着鞋，不能全穿上。

我的一个朋友，家住在秦岭脚下，他给我讲过一个传奇故事，说他们一大家沿用旧礼仪哀悼高寿的姑奶奶，姑奶奶却死而复生了。他姑奶奶当时已九十多岁了，还保留着新中国建立前愚昧的“三寸金莲”。没人扶着的话，她只能颤颤巍巍走几米，然后就得坐在木凳上歇着。一天早晨，她的侄女发现她的窗帘没有打开，遂进屋一看，发现她一动不动地坐在墙角。下葬前有七天的哀悼日，灵柩放在一张上个世纪的老长桌上，旁边堆满了白玫瑰和康乃馨。邻居们来的来，去的去，家里给所有来的人都是一碗面，但大多数人都没有动。几天过去后，姑奶奶的面容变得更加扭曲难看了，不再像桌子上方黑白照片中的她那样相对富有活力。于是人们决定应当再给她的脸上蒙一层遮面的薄纱，这样既可以让人看清她的脸，又不至于露出她苍白可怕的面容。当面纱接触到她的额头时，姑奶奶的眉毛抽搐了起来。由于不清楚这是不是人死后的罕见反应，侄子和侄女都退到了边上。过了一分钟，她的喉头也动了，接着便咳嗽了一声。“复活”后，老太太又活了两年。在她最终离世后，家里人花钱从城里请了两位有经验的医生过来证实她确实“不在了”。

在关中农村，孝道和迷信在人们的心里根深蒂固。正如弗朗西斯•亨利•尼科尔斯很久前所言，从婴儿一来到这个世界，父母就会节衣缩食，做必要的一切让自己的孩子避祸驱邪：

> 陕西孩子的脖子上戴一个用绳子拴着的“长命锁”，认为这可以“锁”住他的魂，不让厉鬼偷走。孩子特别为此自豪，只要跟人一认识，就会常常拿起来让人看。虽然孩子的名字来自于《百家姓》，但父母很少叫孩子的名字，而是经常给孩子起一个卑贱动物的小名，如“癞疙宝”或“亥娃”。这也是为了防找孩子魂的厉鬼，鬼对一个叫“癞疙宝”的孩子不会像对其他叫真名的孩子那样有兴趣。陕西的男娃几乎刚会走路，就会把头顶剃光，只留一小撮头发，预备以后编辫子。
>
> ——引自弗朗西斯·亨利·尼科尔斯
>
> 《穿越神秘的陕西》第 134 页

以前，婴儿死亡率很高。人死后无子乃是最大的不幸，故做父母的认为采取这些古老的做法总没有坏处。

儒、佛、道以及本土信念的融合形成了老一辈人对宇宙和周围环境的认识。家家户户都有神龛，供奉着父母的相片、太上老君或土地公。土地公即“地神”，长相酷似圣诞老人——是一位慈眉善目，白须像餐巾一样垂肚的老人。土地公掌管土地及土地上生长的万物，土地公和土地婆偶尔也有收礼的嗜好，要是有人家庆祝大丰收，让门边喜洋洋的神像同乐也没有什么坏处。毕竟农民是靠土地过日子，其归宿也是脚下的黄土。土地公既不用神权报复人，也不反对人们以他的名义修建华丽的庙宇祭祀他。

英国传教士兼英语教师威尼弗雷德·加尔布雷斯写道：“在中国人的生活中，比任何宗教影响都大的是对土地的观念和乡土生活的重要性。”[①] 泥土气息是关中民间文化和幽默中必不可少的一部分。许多荒诞的笑话都和夫妻生活有关，如夫妻为了要孩子而产生的误会。由于一大家人都是睡在同一个炕上（炕就是用土坯垒起来，底下有加热通道的床），于是就有了各种各样的黄色笑话。陕西民歌把人们带回到一个婚姻不是基于爱情，而是基于财产和社会地位的年代。新娘常常渴望有一个真正的爱人（陕西方言称之为老汉），但却命中注定和一个比自己小得多的男孩订婚，有一首歌谣表达的就是这种辛酸的情景：

十八大姐八岁郎，
晚上睡觉抱上炕，

① 见加尔布雷斯著《中国人》第四章。

年龄太小不是郎，
说是儿子不叫娘，
等到郎大妹又老，
等到花开叶又黄。

关中乡村和城市之间的关系很奇特，在有些方面则是共生的。每年都有成千上万的青年人离开农村，去城市打工或追求高等教育。这些人也许依旧保持着对家里人的孝顺，把工资的一大半寄给家里。然而，实际上除了过春节和节假日，没有几个人重回黄土地。年轻人的愿望是能拿到一个城市户口，长期在那里居住，并成家立业，像城里的西安人一样享受教育、福利和其他一切。

类似的故事无数次在上演。在公交车上和陌生人说话，有时会感到这并不是在听某一个人的身世，而更像是一段程式化的内容。现在，这样的情况少了。过去十几年来，乡下又成了人们休闲和创业的地方。原先人们觉得活在乡下是个耻辱，而现在却成了自豪的象征。要是愿意，你可以想象一下这个情景：在火车上，一位衣着光鲜的城里人不得不坐在一位邋遢的陌生人对面，其身上还带着一丝肥料味。火车导轨的时候，他们的膝盖就会碰在一起。那位乡下人从他的脏短裤口袋里掏出一个响铃的苹果手机，他对面的人惊讶得都不会说话了，于是屈尊问人家：“你是农民吗？”对方郑重地回答：“不是，我是农夫。”接着便会拉起袖子，露出自己的瑞士手表，那也许值城里人一个月的工资。坦率地讲，他想传达的信息是他是个农民企业家——一个找到了赚钱窍门的人，用不着每天都去种地了。

旅游指南和一日游中现在最“火”的词是“农家乐”，不好翻译成英语。政府的媒体倾向于用合成词“agri-tainment”(是把农业和娱乐两个词合在了一起)，其他的翻译有“joy in the farmhouse”(农舍里的乐趣) 和“merry farm-hostel”(快乐农家旅馆)。我个人喜欢有基本元素的“country fare”(乡村行)。这个词包括围绕着乡下农户的多种活动，如钻树林、下田地、戏水和爬山。十年前，农村的人均收入大约是 9000 至 10000 元人民币，要是家里可以提供钓鱼、摘果、采菇等活动或教一些传统手工艺，其收入也许可以翻十倍。农家乐刚开始就是搞个活动，或者开个农家小饭馆。一旦开始源源不断地赚钱，下一步就是把外屋改为可以供客人过夜的住处。如果一年毛收入达到 15 万到 20 万，农民就会想着搭个台子唱秦腔或跳民间舞。

也有“吓人”的故事，说外国人兴高采烈地摘了半天核桃，等把袋子拿去一称，才发现不得不交几千块钱。一般说来，农家乐让人觉得舒适，甚至让人有一种怀旧感。食品掺假在城里是个炙热的话题，最近的谣言说市场上有为了看起来鲜黄被硫黄熏过的生姜，和被撒上了石灰粉的柿饼。好多客户，从厌倦了生活的企业高管，到没有孩子拖累的父母，周末终于有了空闲，便陆陆续续出门，去品尝从不远处的地里和窝里拿来的食材所做的饭菜。

我初次感受陕西的乡村味，是到旬邑县一个种苹果的村子——唐家村，那儿是咸阳的管辖区，在危险的山路上开车行驶了整整三个小时才到达目的地。邀请我们的是咸阳文物局的副局长庞联昌先生，当他听说我是英国人时，就很遗憾地说他才上任几个月，错过了随兵马俑去伦敦的机会，兵马俑曾在大英图书馆短期展览过。他对秦始皇兵马俑当时的展出情况特别感兴趣。我告诉他那是自20世纪70年代，埃及法老图坦卡蒙的墓葬展览以来最吸引人的一次展览。因为游客都想和兵马俑面对面，主办方就采取了一个很有创意的办法：他们在古老的像蜘蛛网形状的阅读室书桌上面装了现成的地板，来支撑兵马俑和青铜器的重量。对英国人来说，这个地方意义非凡，因为过去有无数作家曾在此做过研究。卡尔·马克思就是在那里完成了《资本论》。庞先生感慨道：“啊，古代中国和现代中国的缔造者聚在了同一所屋檐下。”

当时我还不知道“农家乐”这个词，但那次的一日游却是一次典型的农家乐游。看了几处几百年的老砖房和玻璃柜台中做工粗糙却价格高昂的手工鞋、绣花鞋垫和坐垫后，我们就去了路边的饭店里。我们在饭店里享用了典型的凉菜和热菜，包括量很大的炒鸡蛋和削皮很粗糙的土豆泥样的东西。庞先生倚在桌上，估计着每道菜的做法“在中国首次发明”的大体时间。其实，许多我们称之为“盎格鲁－撒克逊”的烹饪方法既不来自英国的盎格鲁部落，也不来自撒克逊部落，而是来自晋朝或汉朝，甚至更早！

这次旅行不虚此行，不仅因为这是我第一次来到农村，也因为我第一次喝中国酒喝醉了。穆涛先生是西安有名的作家，他“伙同”另一位教授想用当地的酒把我灌醉。这种酒一般为 45 度，一次干三小杯，而且根本没法推辞。

穆先生的一个强项是引经据典，内容总是带色，说话方式重在唬人。他问我知不知道晋朝的王羲之，这在英国的综合院校里不是必修的课程，但我喜欢他雄逸矫健、中和典雅的书风，其书法如人所言“飘若浮云，矫若惊龙”。穆先生说的逸事如下：“有一本文人雅士作于绍兴兰亭的诗集，王羲之以行书为序，原作上有四十枚精美的红印。此作为历代人所敬仰，三百多年后，唐太宗尤爱，特想得到原作，便派一大臣向珍藏原作的和尚索要。这当然不容易了，那个大臣化装成一个潦倒的书生，与和尚闲聊，并从其眼皮下骗走了这一宝物。当然，人若知之为宝皆想盗也！但实际上，这不过是一场风雅聚会的产物。当时有四十二位文人雅士在兰亭‘修禊事也，引以为流觞曲水，列坐其次……一觞一咏’。我们可以想象这些名士‘因寄所托，放浪形骸之外’，直到酩酊大醉。清醒后，王羲之又写过多幅，均无第一幅的神韵。还有人说王羲之养鹅，根据鹅的体形及行姿练习执笔和运笔。”穆先生有意吸了吸鼻子，咳嗽了一声，扶了扶眼镜，左手拍了一下我胳膊。然后右手像鸭脖子一样扭了扭就端起了酒杯，别人若是这样就显得有点“娘娘腔”了。

随着一声“干杯”就要一饮而尽。中国人，尤其是陕西人饮酒的礼数可以追溯到《周礼》。《周礼》成书的时间也许在周朝后几百年，但却是中国文化的基石。乡饮酒礼在《周礼》中是单列出来的，为了表示对主人和同伴的尊重，大家要一起共饮三杯，然后是桌上的人逐个相互敬酒，以人的职务或年龄为序，以示尊敬。有时候酒到一半，也有不守规矩或至少是走样的。我没有任何理由拒绝，只能和庞先生与穆先生各喝三杯。在大口吃鸡蛋的间隙（这被证明能化解酒），我的肚子开始不舒服了。有人把这比作是喉咙上了火，但让外国客人多喝点的习俗还是没有变，直到把瓶子喝干。

如果说我的消化道已经对我的嘴不满意了，那我的“下水道”还不知道接下来会发生什么。经过打听，村子里的厕所就是在外屋放一个锌桶，用一个布帘子遮着。虽然味道不大，但当时桶里的黄铜色液体已经快满了，只要再加一点，就会溢到地面。我犹豫地挥了挥手，便又把手插进了上衣口袋。这时，布帘拉开了，是穆先生，他的脸红红的，是喝了酒的缘故，而不是因为尴尬。直到今天我也不清楚，他到底是来方便，还是来看外国人能不能像当地人那样蹲坑。

那个桶的景象萦绕在我的脑海里，而后我们来到一个果园，我才幸运地在附近找到了一处堆满了干草的田地，这就方便多了。每个排队的游客都有两箱自己从树枝上摘来的大红苹果，一位胡子焦黄的老汉（胡子可能是被一直吊在嘴角的烟头熏黄的）在用胶带封上箱子前都要检查一下。他从眼镜上方瞄了我一眼说：“我看，你是第一个来旬邑的外国人，你回去以后，可要宣传宣传我们的产品。”“我中午喝了不知道多少杯酒，也可能是 24 杯酒，”我说，“我有可能是第一个死在这里的外国人。”

如果习惯了乡下简朴和舒适（首先要习惯黄土和吗啡）的生活，被西安的空气所污染的肺就可以得到充分清洗了。我最常去的是宝鸡东边凤翔县的一个村子，与后面三章所描写的三个地方相比，凤翔有几处值得推荐给游客。这里曾经是被城墙围着的雍城，从公元前 677 年到公元前 383 年是西周人的首都，现在上了 50 岁的人还能想起城墙完好时的情景。与后来的汉长安城不同，雍城的城墙历史更加悠久。方圆三公里的土地不再有任何防卫的功用，城里到处是农民为冬天避寒所搭建的破旧房屋。偶尔，附近也有着蓝衣的农民，放下手中的农活，与家人一起骑车到这里来。也许他们是想看看从孔子时代就留下来的这片古迹，也许这种长途骑车旅行会使他们很容易找借口向我们蹭馒头或包谷臻子。

今天凤翔驰名的东西有四样，每一样都各具特色。据说，六营村的名字来源于明朝初期驻扎在那儿的一支部队，其士兵祖籍乃中国陶瓷工业的中心江西。除了与当地妇女的通婚，士兵们还教自己的邻居做泥塑，增加收入。泥塑的动物或面具风干后，在白色的表面涂上鲜艳的色彩，以大红、大绿和金色为主。

西凤酒是陕西名酒，这儿人的酒量能把人的肝喝爆，一般都是一边打麻将或扑克，一直喝到深夜。当地流传着一句话，凤翔的老鼠也能喝二两。西凤酒中的高端产品“华山论剑”系列针对的就是消费者的男人气概。其包装独特，酒瓶是一个圆球体，瓶底的浮雕是道教圣地华山。参观了兵马俑之后，阿诺德·施瓦辛格被聘为华山的最新代言人，所以一路上的广告牌里都是他的形象。

凤翔的另两个产品和同一种家畜有关：一个是吃的，一个是装饰品。毛驴一旦过了出力的年龄，就会被宰杀，驴肉经过加工就成了“品牌特产腊驴肉”。驴皮被剥下来，加工成薄片，用来制作传统的“皮影”。在屏幕后边用灯照着，辅以纤细的竹棍，这些连接在一起的皮影就可以演绎传奇和古典的浪漫故事。在西安的书院门口，就曾经有一位女商贩缠了我大半个小时，让我掏三百元钱来买她一张皮影，说她父亲是“皮影大王”，曾为外国元首及其家人表演过。她说的最多的是二十年前，希拉里就曾接受过她父亲赠送的皮影，并答应回国后“试玩”。“你想想，先生，希拉里女士都拿着这只龙在白宫和克林顿与他的朋友们一起乐呢！也许布莱尔首相和你们的女王也会看到。”虽然让“州长侠”饮几杯“华山论剑”还说得过去，但让前第一夫人、现在的国务卿脱掉鞋子，蹲在地上，在白宫的墙壁上与动物的影子玩耍就让人难以置信了。

喝酒（无法避免）是我在隐居乡下四重奏中日常唯一不变的节目。在山腰胡奶奶家的时候，生活的节奏慢了下来。永远好客的女主人怕我冷，会给我加好几床被子，并用柳枝赶走蜈蚣。秋天，村里的街巷上都是为冬天做准备的农村妇女，她们忙着把玉米剥开，把玉米紧紧地绑成可以挂起来的串。垂直挂起来的金色玉米串和瀑布般下垂的红辣椒串相映成辉。

我躺在一间所有物品都不相配的房间里——不论是窗户上挂着的上下都短30厘米的窗帘，还是不相配套的门楣和门框——脑海里萦绕着两个思绪：一个是没完没了的面条，从早餐、中餐到晚餐，年逾八十的胡奶奶为她的长辈做了五万锅臊子面，接着又为自己的丈夫和子孙做；二是为什么历史的影子在乡下是那么悠长：2013年春，胡奶奶去世的时候，前来悼念和送挽联的有作家、诗人和大学里的领导，这也显示出了其住在城里子女的人脉。然而最终，她被安葬在了村委会指定的墓地里。土地被分田到户的30年后，她依旧是生产队里的一员，这就是一位普通农村妇女的宿命。

纽带：乡下的儒教

2012年，根据陈忠实小说《白鹿原》改编的同名电影上映，其开篇展示的就是苟延残喘的帝制华夏时代。关中一个村里的人集体站在祖宗的祠堂前，齐声吟诵孝道。在那个时代，每个家庭都秉承家训——有遗传下来的家规或代代相传的至理名言其中有的出自《论语》，有的已经无法考证了。

这部电影总的来说讲的是地方上两个家族——白家和鹿家的命运变迁，这两个家族之间的密谋、争斗以及欺骗可以说验证了一句老话“家家有本难念的经”。白嘉轩和家族里的其他老者坚守传统，而教师出身的鹿兆鹏则参加革命，成了共产党人。剧情的高潮是革命者为了破除旧习，捣毁了鹿家最神圣的祠堂。祠堂中供桌上的鹿被掀翻打碎在地上，意在表明和过去决裂。对祖先的敬重虽然没有上升到宗教的地位，但实际上却一直是中国最流行的崇拜形式。同样，革命者为了显示反抗封建统治，剪掉了自己的辫子。

《白鹿原》中表现出的古典儒家思想的痕迹依然还能看到，但主要弥漫在中国乡下的角落里。在陕西，地处渭河北岸的渭北包括大荔、澄城与合阳等地。这些地方的殷实人家对传统道德规范的坚守就是杰出的例证。

蒲城是渭北一个比较大且有名的地方，那里有一个古老的清营房，以达人巷为中心，颇具19世纪的独特景致。这里有学子参加科举考试的清代考院。1300年来（从公元605年到1905年），除了12世纪有过一小段中断外，严格的科举考试一直是人们进入政府机构的唯一途径。虽然每一个朝代都有自己不同的考试科目，但一成不变的观念就是（这归功于儒家的教诲）人不分贫富贵贱，只要有才华就有机会出人头地。

虽然蒲城考院早就被改造成了一所私塾，但其兵营式的建筑里依旧保留着几处文生参加科考的狭窄号舍。在参加考试的三天两夜里，考试文生的吃喝拉撒睡都在号舍里，直到写完公式化的八股文。考生所带的东西，诸如根茎类蔬菜、馒头和取暖的木炭都要切成不到三厘米的小块，以防作弊者藏匿夹带。在有些地方的博物馆，如半坡博物馆[①]里，就展有一件作弊的麻布坎肩，上面密密麻麻地写有好几万字的预备答案。由于检查的人不会对考生进行全裸检查，所以有些大胆的考生就会不用纸做夹带，而是在外套下穿件贴身的短袖坎肩。潜在的回报太高，考生觉得值得一赌。只有不到百分之五的人能通过考试成为举人，继续参加下一轮的会试，直到去京城参加殿试。

蒲城人的后代有一个榜样，那就是出生在达人巷的王鼎(1768—1842)，他走出了渭北，成为一代名家和高官。王鼎在任上时，曾主持政府的几项大工程，如用现代方法治理河南的洪水。然而，让人记忆颇深的是他对清政府有学者良知的外交家林则徐（1785—1850）的影响。林则徐在国际舞台上展现出了其“忍”（为了大众利益宁愿放弃个人的舒适）的性格。道光皇帝令其监管广东的海关时，正是他发起了大规模的收缴鸦片和烟枪行动。他也在舆论上反对英国，发表了致维多利亚女王的公开信。伦敦《泰晤士报》得到消息刊登此信后，也一定引起了女王陛下的关注。林总督在信中说：

王其诘奸除慝，以保乂尔有邦，益昭恭顺之忱，共享太平之福，幸甚，幸甚！

---

① 实际上是指西安半坡博物馆和上海嘉定博物馆联合举办的“中国科举文化展”——译者注。

大家可以猜想，英国的编辑之所以觉得这封信有新闻价值，是因为林则徐目空一切的口吻，而不是因为害怕愤怒的东方人报复。不久，正直的林则徐就被描绘成伦敦舞台上的滑稽人物。讽刺杂志《笨拙 》出现的是他的辫子和鸡爪似的手指，而杜莎夫人蜡像馆里也出现了同样形象的蜡像。

林则徐的光辉形象很快就消失了，他被指责明知英国海军要发动进攻，但却没有及时提醒江浙总督。他周围的政敌意识到他即将倒台，而清朝的皇帝又像以前那样保守，于是这位不明就里的改革者成了“替罪羊”，林则徐就这样被发配到了离中英海上冲突最远的新疆伊犁。1845 年，虽然他不如以前风光，但再次成为总督。当年他在凤翔县东湖边手植的古柳承载着他任陕甘总督（后由左宗棠接任）的时光。

林则徐的老师王鼎却没能看到林官复原职，听到林则徐被发配的消息后，王鼎在失望之中，想到了后来被孔子赞扬的春秋战国时的史鱼，便于 1842 年 6 月 8 日自缢于圆明园。他死后 81 天，《南京条约》签订，割让香港给英国 155 年。王鼎的政敌向皇上隐瞒了其自缢真相 ，皇上还以为这位老臣是自然死亡了。王鼎在蒲城的旧居现在成了纪念他的博物馆。反帝人士王鼎的金色塑像在 1997 年香港回归之日正式揭幕，一些当今官员，包括时任陕西省委书记程安东，出席了揭幕仪式。程安东亲自书写了挽联，以赞扬其反帝精神。

蒲城既让人惊叹，又让人烦恼。从蒲城沿着去邻省山西的高速路走一个多小时，人们便会再次回到黄河旅游线上来。

韩城北边的党家村有一百多处明清民居，其中相当一部分是古老的两层方楼，中间有院子。一小部分人家里也有家族的祠堂，通常墙上挂着几十年来的相片，或者装在相框里挂在祭桌的上方。香烛和季节性的装饰品，比如一盆樱花，显示出人们对逝者的记忆仍然鲜活。

早秋是游访此处的最佳季节，此时早霜还未降临，空气中弥漫着花椒的味道，树枝上挂着熟透了的柿子。要是不介意像母鸡那样蹲在路边的青石边上，可以花一两元钱吃一碗用麦面做的，带有香菜汤的“鱼鱼”。我第一次尝试“鱼鱼儿”时，没等勺子放到碗里，远处便传来一阵鞭炮声，吓得我差点把碗扣在地上。那是村子的另一头在办婚礼，胡同小巷里到处都是红纸屑，塞满了路上的石缝，沾到了大门上的黄铜门环上，飞到了公鸡的爪子和尾巴上，溜进了路边的菜园里。旋花从一丛紫菀花、蓬松的牡丹花、莴苣和巨大的白萝卜中飞了出来。没有人在意纸屑把自己化成了“红人”，也许是又一个党家人嫁给了贾家人？也许就在我们吃饭的时候，另一段联姻正在进行？从那些洗碗人喜悦的脸上看不出有什么特别的，唯一离开举行婚礼大院的乡亲也许是因为他们要排队去领赏钱。

很大程度上，人们普遍认为党家村的人属于当地的有钱阶层。他们的先辈靠从黄河上运木头积攒了足够多的钱，修起了这些砖砌的古典而宏伟的院落。每家的木门槛都如膝高，因为据说在地上拖着脚走路的野鬼翻不过这样高的门槛。但从偶尔出现的戏台和艺术雕刻来看，人们也不清楚这里的家家户户到底信奉的是小资产阶级的自我满足，还是孔夫子的节俭美德。

岁月流逝，美德凝固在了高大的碑林里。校园中心有一座六层的“文星阁”，供奉着圣人孔子及其十位高徒的牌位。村里人说这儿也藏有“避尘珠”，保护村民不受尘暴的侵扰。沿着操场走，又会解开另一个谜。不论是在门槛旁边，还是在花圃里，大多数人家都有一堆灰烬，这么多的灰不可能是因为烧香或烧纸钱。小学里的公厕（也许各家各户也一样）是斜坡式的一个坑，没有冲水设施各家里掏出来的灰是为了掩盖粪便及其臭味，并防止粪便散落到街道上。

最宏伟的一座建筑可追溯到上个世纪，当时清朝政府受八国联军的威胁，慈禧太后和宫里的人逃往西安时曾路过这里。慈禧太后御驾逃难留宿的地方在华北有好几处，都是忠臣的营地，而且周围的自然环境和防御工事使得这里安全无虞。河北的驿站“鸡鸣驿”里锯齿状的围墙给人印象颇深，但慈禧太后给这里的御赐显然不及给陕西的。她给党家村忠实的臣民亲赐了“福”和“寿”两个大字，第一个字笔画丰满，潇洒自信，即便是被雕刻在石头上也是如此。第二个字笔画纤弱，仿佛赐字时慈禧太后也对自己能否享高寿抱有质疑。相形之下，光绪皇帝却想的是表彰臣民的妇德。“节孝碑”就是他下令为党伟烈的夫人牛孺人而修的。 实际上，对于知情人士来说，碑上的铭文说的是牛孺人一生所受的艰辛。说到底，她就是一个传统封建婚姻的牺牲品。

党家村人的事业心和商业头脑也许是阻止不良发展的最好保障。像临近的韩城一样，这个古老的村庄也在计划建一个保护区。在旁边的山上，已经建起了现代化的水泥住宅和娱乐设施。游客能感受到这个古老乡村那宁静而黝黑的夜景，只有不时从大厅后面的屋里传来的麻将声和磨面机停止运行时发出的轧轧声打破这静谧。与此同时，当地人也过上了现代农民的生活，坐在豪华的沙发上喝着“娃哈哈”。我们离开的时候，在“新村”鸭塘碰到了三个八十多岁的老人。其中一位老妇人（她说自己88岁了）用她弯曲的拐杖戳着黄土地说：“你们看到太史第门楼了吗？你们知道安乐居碑吗？你们知道不，我是小姑娘的时候，那些石头刻的老虎把我吓得乱叫。我觉得现在没有那些花里胡哨的东西也行，把老玩意放在外面就是在招贼。”后来证明她的话极有先见。2015 年 11 月的一条电视新闻报道称，一个叫党瑞的人被捕入狱，因为他从韩城附近的门边偷走了几百个石狮子，想拿到黑市上去卖。显而易见，这个“哈怂”（陕西方言意思为“坏小子”）没有把儒家对祖先的崇敬放在心上。

第十章

关中的睦邻之帮——福音村

赵先生爱羊，养羊是他退休生活的主要内容，以至于现在他一见人就介绍自己是“羊倌”和“羊的人类朋友”。起初，我对此还有点小小的纳闷，他的口音不是陕西当地人的口音，而更像山东口音。随着对他的口音越来越熟悉，我才明白他的名字“杨山”，也是“山羊”这两个字的同音字。

六十八年来，赵先生几乎没有离开过福音村。也没有这个必要，因为他家的门前演绎着一个又一个现代中国动荡和唯利是图的画面。他大腹便便，头戴一顶下苦人用来遮阳的飞碟似的帽子。老人最乐于像博物馆馆长那样给人们讲对他来说意义非凡的三处地方。一个是教堂，小时候他就和传教士的小白娃在这里玩。另一个是学校，他就是在那儿学的“真经”。最后介绍的是后巷，他和自己的老伴就是在这里和他们喜爱的动物消磨夏天时光的。

许多传教士将西北的境遇看作是《圣经·旧约》中的危机，对穆斯林的苦难给予的是一种与政治无关的正确态度。作家们不把穆斯林的武装起义看作是对没有悲悯之心、失控的政府的反抗，而是一场像下山的狼一样，血腥、没有理智的暴乱。

由于美国《基督教先驱论坛报》的呼吁，19 世纪末，大约有 12 万美元的国外善款最终交到了陕西。捐款者吹嘘说“美国人民的慷慨可能会为千里之外的中国饥荒难民带来巨大的安慰”。对于陕西当地人来说，关中的黄土依旧血迹斑斑，人们说什么也不愿回到要命的田野去，为了不让土地荒芜或成为藏污纳垢的场所，最好的办法就是从外省移民。

赵先生的祖上就是这样来到这片不毛之地的。从口音就可以听出，福音村的人都是外来户。几十户人家肩挑家当，用独轮车推着老人，跋涉了大半个中国来到了这里。这些难民也是饥荒的受害者，不过，他们在山东老家的遭遇比陕西有过之而无不及。

山东像一个凸向朝鲜半岛的大鼻子，如今以其风筝、恐龙化石和最新的诺贝尔文学奖得主莫言而蜚声海内外。年轻一代的西安人依旧为能在夏日“去东边”，在诸如青岛和日照这样的地方第一次感受大海而自豪。但在 19 世纪 90 年代，这些地方的人口过剩给当地的自然资源带来了巨大的压力。除此之外，外国列强也寻找战略港口和商机。1897 年，青岛被德国租借；1898 年，威海被英国租借。德国人对铁路的掌控更是榨干了这个省的血汗。

尽管说福音村是这些移民的“乐土”，未免有些俗套，但移民们为了让“乐土”这一印象铭刻心中，可谓费心尽力。这里无人居住的廉价土地给了他们重整旗鼓的希望。离开故土来到这里的人，几乎都接受了重回东方的传教士的洗礼，成为基督徒，在随后的半个世纪里，这个村子里一直有外国传教士。那座可以容纳 600 人宽敞木结构教堂勾起了人们的记忆。要是在美国的中西部，一个到处是尖桩栅栏的小镇甚至是在瑞典的森林地带碰到这样的教堂，也许不足为奇。但在中国的乡下，就有些显眼了。

等我们去参观的时候，赵先生的老伴已经知道有一批人，其中至少包括一位外国人要到村里来。这位结实、干练的妇人高兴得立刻手舞足蹈，像一只要抖掉身上沙土的鸟。在路上一看见她我就笑了。她也想通过一些老生常谈的话题和我们沟通。“友谊在人生中很重要，福音村的人永远不会忘记以前的恩惠。”我指了指告示牌上的一排照片，这些人大都是来访的白人，让人感觉那些年长的是她上个世纪四十年代的同学，或至少是传教士的亲戚。“他们的慷慨，我们永远感激在心。”她指的是最近海外捐赠的一批崭新的《圣经》。

跟着赵夫人，我仔细看了看前面黑板两边用粉笔写的现代赞美诗；然后，我小心翼翼地走过风琴来到祭坛前的台子上。赵夫人还有一个秘密藏不住，她随着我走上台，又一次在台上手舞足蹈，台子在嘎吱嘎吱作响，“你知道了吧，台子底下是空的，是用来存水的。”“是的，我知道，”我笑着说，“你是浸礼会教友。牧师用水浸你，你对上帝祷告，然后就给你一个名字。”“的确是这样，”她回答说，“外国女人在这儿住得很舒服，她们中有很多人甚至在这儿生了孩子。”

老伴四处活动时，赵先生在大厅的风扇下乘凉，他摘下帽子，反过来放在教堂的长椅上。“这个地方也许是英国人设计的，但是中国人盖的。”他说着用手指着屋顶的木板，“毫无疑问，这是全陕西最结实的建筑。具体日期我不知道，大约在 1898 年左右盖的。”教堂的结构设计当然是欧式的，负责修建的是一位叫敦崇礼[①]的苏格兰人和一位名叫邵涤源[②]的兰开斯特人。邵涤源在西安附近呆了大约三十五年，曾带头发起反对在该省种植鸦片的运动。

邵涤源发起的反鸦片活动使他与中国的基督教领袖们结为同盟，也使他与当地官员结下了仇。陕西当时的军事长官，陆建章将军尤其反感他。陆的烟瘾很大，有人估计他每天要抽 50 多克，有幕僚曾送给他 1000 多斤鸦片。教会招募曾经的鸦片吸食者参加，其中有一位周姓男子，在此之前，他吸鸦片就像别人喝茶一样平常。迫于外国人和其同盟的压力，陕西的鸦片贸易渐渐逐出了中心，1909 年，陕西的鸦片种植面积从最初的 53 万亩降到了 37 万多亩。

---

① 英文原名 Moir Duncan 莫尔 · 邓肯。

② 英文原名 Arthur Gostick Shorrock 亚瑟 · 格斯特克 · 肖诺克。

邵涤源20世纪20年代末离开陕西，回到了他在英格兰的教区。1926年，在夫妻二人经历了八个月的西安围城之后，妻子死了，很庆幸没有看到福音村被毁。一群变节的国民军穿过乡下时，除了教堂，把福音村夷为了平地。所幸的是，他没有亲眼看到这一让人痛心的景象。所有的外国人都走了，把使命交给了一位姓孙的牧师。

赵先生和他的老伴已不记得邵涤源和他那个时代的人，但却能如数家珍地说出那些英国老师和传教士的中国名字。姓杨的可能取自英文中的Young，姓张的可能取自英文中的Johnson或Jones①。他们显然对原来的学校很有感情，再加上我们几个人里有一位姓何的老师，上个世纪五六十年代曾长期在此教学，这就显得意义非凡了，这里上了年纪的人都叫她“何老师”，似乎不需进一步说明是哪个何老师，大家都知道指的是谁。

和教堂一样，村里的学校也是欧洲和亚洲风格的混合结构。学校院子里，匍匐在黄土地上的杂交香水月季很有可能就是从英国的一所豪宅里移植来的。看见其他的一些植物，我怀疑传教士是不是一直在偷偷地把种子夹在行李里带到中国来。赵先生再三让我们尝一尝主楼后面那三棵无花果树的果子。中国人很形象的把这种树叫“无花果树”，是因为只有这种树在结果前不开花。剥开的无花果滴着乳白色的果汁。赵先生把

---

① 汉语“张”字的发音Zhang和英文中Johnson（约翰逊）和Jones（琼斯）接近——译者注。

一颗放在掌心里让我们看它的颜色。“你看奇怪不？通常这皮是深紫色的，但在成熟了以后，它却一直是绿的。”我插话说这显然是来自国外，也许是有宗教意义。有两则寓言提到过无花果。“在英国，有几个民间故事是讲无花果的，”我接着说，“要想让它长得好，就要限制根的生长。一种办法是种的时候把它装在一个旧皮包里，然后把皮包埋进土里。”我忍住没有说第二个秘诀，因为要把一头死驴埋进树坑，无花果就在驴的体内扎根。我害怕别人说“为什么要浪费上等的好肉”。

我从随行的大伙身边走开，来到了偏僻的教室，教室是平房，里面空无一人。这些教室肯定比其他的建筑建得晚。第一间教室的窗玻璃都脏乎乎的，课桌上还摆放着翻开的练习簿、练习簿上有的是没验算的公式，有的是没写完的作文。要不是墙上挂着 2011—2012 学年的课表，人们完全有理由相信教室是在紧急状况下腾空的。

在应当挂钟表的地方，悬挂着一幅毛主席像，像天安门广场上的那张一样。这时，何老师八岁的小孙子无声无息地遛了进来，很有兴致地做起了离他最近的一张课桌上的算术题。我在他面前蹲下来问他觉得这个教室怎么样。他的眼睛一动不动，但随之向上一翻，似乎在说：“就是个教室，还能有什么？”

离开学校到赵先生家去吃午饭时，我才反应过来为什么福音村让人觉得有点怪兮兮的。除了何老师的孙子，整个上午我所见到的孩子就只有操场上耀眼的宣传画里的两个带少先队红领巾男孩和女孩。沿着小巷往下走时，赵先生与何老师感叹说，现在很难把年轻人留在乡下了，学校也在缩小，现在八岁以上的小学生都被用车接到三原县城去读书了。

午饭时，三位老人之间长久以来的纽带进一步得到印证。赵夫人与何老师的女儿施女士自告奋勇当起了大厨，而赵先生则即兴带我们参观他家的院子。如我所料，那两头山羊神气地亮相了，羊肚下的乳房涨得像粉红的西瓜。虽然被拴在地上，但两只羊仰着头，打着转，眼睛不放过任何人。羊蹄的响声惊动了旁边鸭舍里的鸭子。赵先生从鸭舍掏出几只鸭蛋，准备和自家种的西红柿、大葱、茄子及土豆放在一起享用。

在客厅里，何老师坐在我对面的矮板凳上，给我讲起了她与福音村的故事。她和已故的丈夫祖籍都在甘肃省兰州市，曾在北京大学当老师。起初，夫妻俩生活很幸福，年轻人的爱情和新时代的乐观的确让人兴奋。但不久，她就被指控是反革命。一开始主要是针对她的穿衣打扮。现在已年过耄耋的她依然干净沉着。与那些爱穿棉袄和毛料衣服的老奶奶不同，她身着两件套的黑色丝绸外衣，笔挺地坐在我的面前。脖子上的珍珠项链很有品位，眼镜像是遮阳镜，镶着人造钻石。

“你知道吗，他们说我不是彻底的共产主义者，而是资产阶级，是一个很坏的大小姐，党认为要是我在学生跟前露面，学生就会被引入歧途。”她面临的惩罚是发配，远离首都的资产阶级染缸，去接受“再教育”。刚开始她在三原教书，但后来组织上又认为与福音村的农民一起生活，能让她更加清楚地认识自己的错误。

“这儿的人对我很好，虽然不是人人如此，世事就是这样。不久人们的暴徒心态就被煽动了起来。”她稍微低了一下头，接着说道：“我想，就算是一个外国人，你也能意识到那个年月人们的举动，有几次我被戴着高帽游街，村里的人被人鼓动着骂我，用石头或任何能拿到手的东西打我。你知道我是怎样活过来的吗？”说到这里，何老师停了停，把一个小甜瓜切开，接下来每讲一句话，就往嘴里塞一小片甜瓜，“我以前的学生，他们凑在一起保护我，要是没有他们，唉……”

在接下来的沉默中，我本来想问赵先生夫妻俩算不算在她“以前的学生”中，要是我真的问了，那就会很傻。我的目光落到了扶手椅上一本杂志的封面上，封面文章题目是“毛泽东的秘密”，这位伟大的舵手面带微笑。何老师打破了沉默，又给了我一块甜瓜，并问饭什么时候好。

正在这时，赵夫人走过来，到何老师旁边的冰箱取加工好的一块肉，听到我们的话题后，她说自己一家也是“文化大革命”的受害者。当时她父亲有两大污点，一是地主，二是与传教活动有关。他在监狱里的下场很惨。他们和福音村里的其他人家一样，都有亲戚被迫逃离大陆，很多人去了香港。1949年，共产党政府开始驱逐外国传教士时，其他的一些人去了台湾。“当然了，”赵夫人说，“这里也有一些爱国的人，你知道胡宗南将军吗？他是个了不起的军事领袖。他的一个堂兄就住在路上面那一块儿。”

何老师接着讲她的事，“我前面没有说我丈夫也被‘下放’到了陕西，他在西安工作。所以我们俩经常见面。你能想象吗，一个三十多岁的年轻女人，对自己的丈夫吐露心声，告诉他人们怎样迫害她，自己绝望得想自杀吗？但不管怎样，我们还是熬了过来。”

饭菜上桌后，赵先生为了再一次活跃气氛，拿出来一瓶看标签是从超市买来的名酒，高兴地对客人们说，里面其实装的是家里自己酿的酒，是用后院里长了20年的果树上的果子发酵的。酒有些甜，但很醇厚。我这个外国人赞许的点头似乎是他渴望得到的最高赞扬。

吃过饭后，何老师来到卧室，取下整个上午都夹在胳膊下的纸袋。看着她银白色的头在蚊帐后面转动，很明显，她是要给自己以前的学生每人一件从西安商场买来的针织品。

赵先生坐在竹椅上，因相同的基督教信仰，想和我寻找些共识。我说很欣赏他家落满灰尘的假圣诞树，六月了还放在冰箱的旁边。我翻了翻他家以《圣经》为主题的日历。他问我：“这里是不是和西安大不相同？”我同意他的看法，他接着说：“我的两个孩子都在城里，儿子在交通大学，女儿在音乐学院。”“他们没有叫你搬去和他们住吗？”我问，“你知道，他们可以关照你的晚年生活。”“他们说过，但我说村子是独一无二的，随着岁月的流逝，我们会成为历史的一部分。得有人留下来让村里有人气，继续传福音。另外，这两头羊在铺着地毯的房子里，那可真会臭的要命。”

蝎子酒与酸奶：袁家村

毫无疑问，福音村体现出的热情是深厚而真挚的，这个位于三原东北的村子不在大多数西安人一日游的范围内。村里的醇厚民风还不大适应人民币大显神通的现代社会，村里只有一种特产足以显出乡下的贫富差异。要是问当地人咸阳最吸引人的地方，大家更为熟悉的就是袁家村了。

在中国标准旅游地图上，袁家村很“显眼”。这个村子位于帽子型的礼泉县（原来的醴字就是指甜酒和甜美的泉水）中部，西北是渭河的支流泾河。传说中泾河龙王也是司雨的神，曾卷入与唐太宗的奇特争端。因龙王私改时辰，克扣雨量，唐太宗的大臣魏征要斩龙王。唐太宗不愿诛龙，便与魏征下了一盘又一盘棋，意在拖延时辰，使魏征鼾睡而错过斩龙的时间。但唐太宗没想到，魏征在梦中却还是把泾河龙王给斩了。在长安的宫中，无头的泾河龙王鬼魂夜夜都在梦中来惊扰唐太宗，秦叔宝和尉迟敬德两位将军在宫门外把守后，唐王才安寝无事。龙王再也没有来，有人相信泾河龙王附体在唐太宗身上，因而太宗的统治又延长了二十年。

不论这个传说是否可信，太宗把自己的最后栖息地——昭陵——建在了礼泉县。墓冢现在已对外开放，在附近的旅游村兴起前，是这里的主要景点。

从表面上看，袁家村和另外一个从19世纪遗留下来的宏伟村庄——党家村看上去很相似，但却没有后者那么富丽堂皇，而是更加平常。村里的主街缓缓地沿着山坡向下通向很大的果园，游人走过鳞次栉比的仿清古作坊和小吃店时，脚下踩的是坑坑洼洼的仿古青石板。这一点本身就和大城市里用一成不变的水泥或蜡一样的红白地砖砌成的方格不同。这里也没有任何塑料模型、霓虹灯或玻璃纸制作的俗气装饰。店家的商品和招牌菜广告都是手工绘制的旗子，飘扬在自家的屋檐下。简单地吃一碗面也能见识到艺术性的操作，和面、揉面与拉面都是手工活，最后的成品就长短均匀，整齐地挂在厨房里的椽子上。

过了主街的“瓶颈处”就是一个设有公共戏台的大广场。戏台的作用很多，有传统的自乐班在上面吼秦腔，还有一位秃顶的先生，用难懂的话吆喝着把碗摆好，再用龙头铜壶倒上茶。下面的游人对这些活动没啥兴趣，有几个爱玩的人花钱去按摩头，附带让人家用牛角勺掏耳，耳勺插进去后，扭动的各种角度最让人揪心。

广场的角落，有头孤独的毛驴在拉磨磨辣椒面。毛驴的眼睛被蒙着，所以不会因为乏味的拉磨而分神。这使我想起了一个世纪前小说家赛珍珠[①] 眼中负重的驮兽。江苏那些可怜

① 赛珍珠（Pearl S. Buck）直译珀尔·巴克，美国作家、人权和女权活动家，美国历史上第二位诺贝尔奖获得者，主要作品有描写中国农民生活的长篇小说《大地》等——译者注。

的骡子为了出气顺畅，鼻子被人给割开了，而陕西的驴虽然幸福一些，其归宿往往是屠宰场而不是草原。在大街上，有家铺子在卖大块的炖驴肉。

即使没有清朝建筑特色的外表，这里显然也和党家村不一样。今天的袁家村在20世纪末设计建成，即便算不上最吸引投资的地方，也是最让人喜欢的地方。其提出的口号是“生态生活体验”，特别注重所有出售的产品（而不只是“八大特产”）的原料都是村里自产，并用传统方法加工制作的。英国的游客也许会把这里看成是个“活的遗产博物馆”，有点像英国东北约克的城堡博物馆或比米什博物馆（英国最大的露天博物馆）。

袁家村崛起速度和方式令人吃惊。曾经，即使按关中的标准衡量，该村也是一个非常贫困的村子。在建国初期，几十户人家还都蜷缩在低矮的土坯房里，生活水平仅仅是能填饱肚子。其状况与其说是关中的农民，倒不如说是叫花子或居无定所的难民，用当地的话说就是个“烂杆村”，说白了这个地方就是一无是处。从1958年到1970年，农作物一直欠收，政府都免去了该村向国家交公粮的义务。

真正的改革始于1971年，当时只有25岁的郭裕禄当选为村长。他认识到大寨式的富裕只是一个空想，于是便将精力放在了土地和水利改造上。人粪尿原来一直是主要的肥料，山里也有发酵好的羊粪，但需要营养不良的村民有足够的力气到海拔1000多米的山上去捡。在第一次积肥的热潮中，他们大约收集到了上千万斤的羊粪，同时还打了五口深井，开始用机动泵灌溉庄稼和果园。

突破了生存障碍后，袁家村变成了一个拥有基本生活设施的村庄。到了20世纪80年代，缺吃少喝的问题得到了解决，村民们开始体验小型工业革命带来的成果。郭裕禄（后来成了全国劳模）把自己的眼光转向了山里四座没有被利用起来的石灰窑。1983年，袁家村投资7万元人民币，建起了村里的支柱产业水泥厂。改革开放后的中国到处需要水泥，在西安或咸阳的背街随便转转，几乎三分之一的商家都有出售水泥的招牌和随时可以装车运走的袋装水泥。尽管已经有千百万吨的水泥被注进了新摩天大楼的地基，但人们还是每天都能看到干活的男男女女挥着铁锹，把干沙一锹一锹地扔到很细的筛子上，把筛好后的沙子和水泥加上水搅匀，就可以用来铺石板或做其他的修补。

1990年，袁家村的水泥生产最高年产量已达五万吨，占据了当时村里总收入的半壁江山。袁家村的第二个工业产品是硅铁，这让村子第一次有了成为“先进村”的底子。在强大的经济基础上，郭裕禄和他的主力干将，如党支书张文西等开始放手大干，探索新的事业，而这时增加的就不再仅仅是村民口袋里的钱了。

1987年访问德国后，村里的领导明确了他们下一步的发展目标，那就是在生活水平上缩小当地农民和西方农民之间的差距。因此，化工厂从人们的视线中完全消失了，代之而来的是一幅乡村立体风景。几年下来，围绕人们熟悉的“生态生活体验”主题，形成了一个面向大众的新工程。这不是中国农村令人讨厌的指令性集体奋斗，而是一个更为新鲜、且更为有序的社区，在这里人人都能各尽其能。

袁家村的主街和大多数家庭居住的宽敞水泥别墅不同，目的是为了展示袁家村的“八大特产”。大多数产品都是超市货架和熟食店里的常见物，但没有多少市民知道基本的制作方法。

以豆腐为例，先是泡黄豆，接着磨豆滤浆，再煮浆点浆，剩下的东西有点像煮老的稀米粥或浆糊，把里面的固体除掉，就可以凝结成豆腐块。制作过程和明代药王李时珍在《本草纲目》中的所述基本一样，李时珍认为豆腐之法始于公元前二世纪的淮南王刘安。刘安是个孝子，传说他发明豆腐是为了老母亲，他母亲年纪大了，牙齿不好，嚼不了豆子。

农村的豆腐坊一点儿都不奢华，比厨房稍大一点，干活的人不停地跑来跑去，很难看到流线型的生产步骤。加上飘浮的蒸气遮挡视线，照的照片上都有凝结了的光环。

街对面的一家磨坊是这里罕见的机械化设备，轧轧地响着把稳稳流出的面粉装进袋里，袋子上面有一个“面”字。

另一个特产是纯粮醋，即使不算是美味，看着也很有意思。纯粮醋是从附近醋坊的大缸里酿造出来的，醋坊的老板把装满原料的醋缸小心翼翼地摆成几排，那阵势有点像是酿造威士忌和红葡萄酒。

最后的鲜味是甜品，即袁家村的蜂蜜、酸奶和果酒（醪糟）。

醪糟那里有一个大柜台，本来该贴着于右任和石林书法仿制品的墙上，却挂着花花绿绿的中国台湾和中国香港演艺明星的图片，令人惊讶不已，且与柜台极不协调。我能认出的有已故歌星邓丽君和悲情歌手、张国荣的挚友梅艳芳，也有几张西方艺人的图片（如最近去世的伊丽莎白·泰勒的黑白照）夹杂其中。

根据客人要求，柜台里的服务员会打开柜台上一个用蜡封着的坛子，从中倒出一碗山楂或红枣味道的果酒。当地的习俗是在醪糟里打上新鲜的鸡蛋，一口饮下。这里还没有推出类似的促销，也许这种乡俗不在推广范围内。

劳动力强度最大的是用油菜籽榨油的油坊。有两个人在昼夜轮班地操作烧锅和一个像是希思·罗宾逊描绘的怪异器械[①]。油菜是中国标志般遍地开花的农作物，其产量从1965年的110万吨飙升到了2009年的1350万吨。虽然在很多欧洲人眼里油菜花不太好看，甚至有点过分鲜艳，但有些陕西人往往在初夏就计划着去乡下拍大片金黄色的油菜花了，那个架势和英国人去看野风信子或到鹿特丹去观赏球根花卉如出一辙。

榨油开始，首先把油菜籽磨烂放到高温木桶里蒸，然后把蒸好的原料装进一个比汽车轮胎大一点，盘着绳子的模子里，用木槌击打，除尽里面的空气。打紧的包被拖过作坊，下到压榨的地方，榨床的上面五十度角吊着一根用大树干

---

① 希思·罗宾逊（Heath Robinson, 1872–1944）是英国插图师，出生在绘画世家，以绘画诡异的机械闻名——译者注。

做成的大梁。操作这种巨大的装置，稍有闪失，后果不堪设想。榨油的高潮是一个人爬到精巧的设计中，用脚蹬轮子，整个大梁随之渐渐下沉，油就从打紧的包里被挤出来。慢慢地，底下的油罐里装满了油，榨过油的油渣可以用来当饲料。

袁家村的“第八大特产”让人有些害怕，有两个作坊在酿酒，酒里面有活蝎子。根据传统中医理论，蝎子对关节炎和牙周炎病人有益，人们也普遍认为其对肝有保护作用，但由于其毒性极强，还是谨慎为好。

在袁家村和我谈话最多的是老刘，他自封为蝎子保健品的创始人。他那像谷仓一样的作坊离湖不远，有点清朝老宅的感觉，有格子窗户，靠背椅等。地上到处是陶罐，不是为了装饰，而是都有用处，里面装的是他的蝎种。只要表现出对他的生意有点意思，他就会把手伸进罐里，掏出一个模具盘子，上面爬满了毒蝎，离他的手只有几厘米，他却一点也不在乎。他漫不经心地摆弄着蝎子，像古时候不戴手套的养蜂人。

刘先生会毫不忌讳地问来客的年龄，期待着人家再反过来问他的年龄。他对一群嬉笑的女学生说他已经七十岁了，寿数不高，但每天一杯蝎子酒还是蛮有用的。我花了六十多块钱，从他那儿买了一大瓶酒，瓶底有五十多只小蝎子。当我说准备送给我的一位“毒嘴”同事时，他显得有些灰心。他说他的第二个草药秘方专门针对我这种“体型丰满的人”，那是他自己配制的茶叶，没有副作用，几周就可以减肥。秘方的文字介绍不怎么吸引人，在柜台后面的墙上，有一排名医的评价和一溜照片，大多数人的签名和印章都不是很清楚。据说，其中一位女士减掉了三分之一的体重，她全副武装，发型多样，让人看不出减肥的奇迹。在一幅照片里，她站在瀑布下，挥舞着船桨，穿的是充气的救生衣。

出于履行义务的心理我买了一盒茶，因为我刚才买蝎子酒的动机不纯。白丽诗总有怀疑的理由，她指着商标上的一行英语说："'第一天饮用后，切忌离开房间。'很显然，这就是利尿的，不能减掉脂肪，只会让你多尿，毁了你的肾。"回到家里后，我就把它塞进了厨房的抽屉里，不久它就变得像干了的月桂树叶。

跨过刘家的门槛朝山坡下走去，袁家村的主题公园显得更大了。池塘的另一边是裸露的山崖，刘先生说那里是捉蝎子的好去处。再往前走，就成了孩子们的娱乐场所了，有各种各样好玩的东西，如巨大的攀登网、四轮摩托车和小马等。所有的一切都笼罩在远处昭陵的墓冢里，夕阳正在徐徐落下。回首历史的变迁，才发现，人生苦短，欢愉只在一瞬间，人不过是黄尘中的过客。

侍郎湖的黎明

我最终还是忍住了诱惑，没有在袁家村的阁楼里过夜，因为我虽然想伴着麻将声、闻着炒野生菌的味道看夕阳西下，责任和义务再一次用世俗的大网罩住我们，把我们三人拖回了城市。

几年后，礼泉潜回了我的意识。从远处仔细看着太阳升起，记忆——或者是想象的记忆——一下子涌来。太阳怎么会从唐太宗皇帝的陵墓后升起呢？我有点纳闷。难道唐朝的设计者也选择了特殊的基线，所以每天都可以像在巨石阵[①] 里一样看到太阳奇观？这个谜将永远使无数的后代感到困惑。

今日的侍郎湖应该说是美得无以伦比。我习惯坐在床上，而不是躺着，除了打盹和看书，这个姿势似乎可以让我保持理性的思维，让我的思绪不进入梦乡或闪现杂念。从宾馆的床上坐起，五月的黎明起初像熔化了的矿石撒在山坡上，然后又像一把火红的焊枪，舔着周围的风景，直到天大亮。

唐太宗所生活的时代没有这一景象，要是有，他肯定会将这里作为夏季的皇家庄园，在湖岸建华盖，通令仪仗。侍郎湖形成于明初，是陕西地震后，山体滑坡堵塞水路形成的天然湖泊。从地理构造上看，侍郎湖乃鬼斧神工，其四面环山，水深最深处 18 米，据说湖没有受到污染。湖面冬不结冰，秋无落叶，湖的水位涝不升，旱不降，一年四季无变化。我不

---

① 巨石阵（Stonehenge）巨石阵由巨大的石头组成，每块约重 50 吨。它的主轴线、通往石柱的古道和夏至日早晨初升的太阳，在同一条线上；另外，其中还有两块石头的连线指向冬至日落的方向。约建于公元前 4000 ~ 2000 年，是欧洲著名的史前时代文化神庙遗址，位于英格兰威尔特郡索尔兹伯里平原——译者注。

知道旅游手册是否言过其实，但这让我不由自主地想起了19世纪中期亨利·梭罗在瓦尔登湖畔的遐思。[①]

> 白湖和瓦尔登湖是大地表面上两块巨大的水晶，它们是光耀的湖，如果它们是永远地冻结了的，而且又小巧玲珑，可以拿取的，也许它们已经给奴隶们拿了去，像宝石一样，点缀在国王的王冠上了；可是，它的液体也很广大，所以永远保留给我们和我们的子孙了，我们却抛弃了它们，去追求可希诺大钻石了，它们真太纯洁，不能有市场价格，它们没被污染。它们比起我们的生命来，不知美了多少，比起我们的性格来，不知透明了多少！
>
> ——亨利·梭罗著，《瓦尔登湖》，第9章

提到梭罗的超验主义思想，我的学生要么笑，要么就是一脸茫然。假使我还能回到10月住过的那个奢华的侍郎湖宾馆，或者在湖边租个小木屋，模仿梭罗，就能悟出事物的真理吧？

彬县有一处全国闻名的旅游景点，那就是位于侍郎湖西北40公里处的大佛寺，建于唐初，依崖凿窟而成。大佛的褐色和浅绿色袈裟，栩栩如生地披挂在他那20米高的身躯上。大佛翘起的手指犹如一排NBA的篮球队员，高大修长，大佛的宝石蓝螺髻护顶下是像人的肾脏形状的耳垂。

---

① 亨利·戴维·梭罗（Henry David Thoreau, 1817-1862），美国作家、哲学家，超验主义代表人物，其名著为《瓦尔登湖》——译者注。

当地人说，侍郎湖是一个神湖，纵观四周的山坡（据说丛林中有野猪、老虎和其他的野兽，一定要当心），最后的谜底才会出现。从西北往东南看，晶莹的湖面形似一条大鱼遨游于群山之中。这仿佛是大灾之后，上天赐予的礼物，是好客的象征和灯塔，永世镶嵌在遥远的乡村深处。

第十一章

民间文化西行漫记：陕西的艺术

陕西的艺术在中国无处不在，这一点毋庸置疑。中国人最熟悉的形象莫过于当下使用的第五套人民币现钞上的毛主席画像，该画像由国画大师刘文西创作。刘文西 1933 年出生于浙江省的嵊州县，在陕西一直待了五十多年。人们也无须进一步寻觅就能在公众的视野里看到陕西艺术家的其他作品。几乎每隔不到一周，全国的报纸上就会有李克强或其他国家领导人在人民大会堂讲话的特写，其照片的背景就是黄白色奔腾的激流，那幅壁画也许并非总是引人注目的焦点，但从色彩上人们就可以认出那是当代西安著名画家王西京先生的大作《黄河，母亲河》。

要写一写陕西的艺术，该以哪些角度深入这个话题呢？

走近五岳庙和附近街道上的小画廊前，墙上的展品会让你难以相信自己的眼睛。刘文西的一幅水彩画《藏族少女》，起价是三十多万元。另外还有他的一幅深蓝羽毛黑斑点的孔雀，以及王西京的几幅唐代仕女图，那些仕女除了发卡、手饰以及四肢着色外全是单色白描。开画廊的人需要这种像“银行”一样广吸财源的画，纸皱框斜不要紧，口袋里有钱的人迟早会来买。

本章的题目确切来说应该是“陕西当代艺术”。在我看来，没有几幅画能超越汉代石雕虎和玄武图的美。我一直热衷于收集这类拓片，甚至买了几个复制的瓦当，用特制的印泥在家里试着自己拓。有谁会看不出它们的朴素之美以及仅靠一根恰到好处的线条就给雕虎增添的力量感呢？2013 年，在陕西省博物馆参观唐昌东的仿唐壁画时，令我感动的是这位画师寥寥几笔，怎会有这样的效果呢？唐昌东先生终生致力于仿唐壁画，所以才让“粉丝”们有机会不用旅行，或冒着有损原作的危险到实地去欣赏唐代壁画的审美风格。李贞墓室壁画中热闹的鸭子仿佛是在打扰自己的主人，而章怀太子墓室里的“马球图”和“狩猎出行图”则同样彰显的是壮观的皇室娱乐场景。就书法而言，我多么希望自己有五万元闲钱，这样就可以买一幅于右任的真迹，而不是花一百元买一幅复制品挂在办公室，当然要是再有柳公权的就更好了。

然而不管怎样，还是有必要用一定的事实来缓和外行令人敬畏的热情。本文无意描述整个在西安建都的 13 个王朝的艺术作品，而是想从历史的角度和关中民间文化传承下来的特色，简要描述一下1949年以来的陕西艺术。我将以“长安画派”及其成员为主，详论几位在当地艺术圈内获得广泛认可的年轻艺术家。既然涉及到了民俗的传承，那也会对当地民间艺术的影响和再创造给予关注。

“长安画派”的诞生

已故的英国人迈克尔·苏立文[①] 作为一名研究中国艺术的大家，七十多年来无人能与其媲美。艺术市场开放前，他收集了四百多件价值连城的艺术品，后来悉数遗赠给了牛津大学的阿什莫尔博物馆，使该博物馆立即提升了一个档次。在迈克尔·苏立文的晚年，他的精辟言论即便本土艺术家不接受，但却依旧引人瞩目并受人尊敬。在《二十世纪中国艺术与中国艺术家》一书中，他说“以西安美术学院为根基、具有显著陕西特色的山水画”这一说法乃大谬也，因为这种当地的审美思潮随着唐朝的结束而一去不复返了。他赞扬河北人贾又福对太行山的“深厚情谊”，但觉得赵望云的作品缺乏“地域特色”。

他的这些观点在陕西几乎会被认为是异端邪说。然而这

---

① 迈克尔·苏立文（Michael Sullivan），是最早向西方介绍中国现代美术的西方学者之一，西方研究中国现代美术史与批评的权威，中西艺术与学术交流的先驱和使者——译者注。

些尖刻的评论就算是断章取义也可能是有道理的，因为我们知道迈克尔·苏立文是把陕西和其他地方如南京在做比较，而南京的传统山水画实际上不间断地延续了好几个朝代。而“长安画派”进入公众的视野是在20世纪60年代初，刚开始是为了对新中国建立十几年以来西安周围的艺术创造和实践进行总结。北京的中国美术馆举行过一次巡展，展出了六位在山水和人物画上有革新成就的画家的作品，其中有西安美术学院的石鲁、赵望云、何海霞、李梓盛、康师尧与方济众。有趣的是，虽然这些人都把自己投身到了展现黄土高原、陕北的山川和农民的生活中，但却只有来自延安延川县的李梓盛和汉中勉县的方济众是陕西人。四川人石鲁（原名冯亚珩）是从中国共产党的大本营延安到西安的，而赵望云在投身红色革命前则尝试过逍遥的记者经历。之所以详述这些背景和细节是因为这与“长安画派”的诞生有关。“长安画派”实质上是一种创新，而非隐匿了的传统的复活。这些与西安美术学院和陕西省美术家协会息息相关的艺术家向世人展现，他们是怎样面向自然环境和当代社会而发现美的，他们的艺术主张是“一手伸向传统，一手伸向生活”。

他们中有几位长寿的艺术家，作品几乎都闪烁着哺育其成长的意识形态色彩。九十多岁的何海霞转向了山水与诗，学的是齐白石和张大千的风格。据以前的学生回忆，身材高大的康师尧显然是对秦岭的动植物萌生了情谊，他的《春花熊猫》综合了深绿、青绿和粉红三色，2015 年元月的起锤价为 180 万到 200 万元。

石鲁是“长安画派”诞生的关键人物，他出生于地主家庭，出于对钟爱的画家石涛和作家鲁迅的仰慕，取笔名为石鲁。成年后的石鲁留着山羊胡子，加上铁灰色的乱发，一看就是艺术圈的人。在延安学习的时候，他在那个时代和背景下追求艺术的境界在今天看来简直不可思议。比如他在锤炼自己的造型技巧时，复制的微型法国雕塑几乎都有色情味道了。20 世纪 50 年代初期在西安教学的时候，为了完善学生的国画风格，他和赵文元鼓励他们花时间去观察大西北的自然风貌，和当地的老百姓同吃同住。石鲁也利用中国共产党在早期的宽松氛围，于 1955 年赴印度，参加国际博览会中国馆的设计工作。1956 年他访问埃及并参加了亚非民族艺术展，怀着一颗放眼四海的心，他把在这些国家的乡村周边的所见所闻都画成了素描，有耍蛇的、算命的和纺线的，不过这些素材在很久以后才得到了利用。

有关石鲁在不惑之年的悲惨遭遇，其传记作者与同行画家李世南和李新南既有详细的编年记录，也有艺术形象上的探索。石鲁画的毛泽东是应邀为国庆十周年而作，起初被誉为用国画表现政治题材的伟大尝试。画中的毛泽东站在右下方，本意是要表达毛泽东从容地转战陕北的伟大气魄。然而不久，指责声接踵出来，一些早就对石鲁的特殊背景和个人形象不满的人指责他试图贬低“伟大的舵手”。更可笑的是有人污蔑他想让毛泽东从悬崖上掉下去。在他画的第二幅毛泽东画像（现已失传）中，一群纤夫光着脊背拉着毛泽东乘坐的一艘小船渡黄河，这时连以前支持他的人都开始不满了。

李世南在《长安的思念》中（1985年出版），描述了石鲁在遭到迫害后，三年无法创作时的巨大痛苦。心灰意冷的他跪在一边，而黄土高坡在他的面前延伸着，头顶是泣血的太阳。李新南的《正道春秋》以更加现实的笔触，描绘了石鲁坐在板凳上，一边点烟一边在回顾自己画的毛泽东，他身后的背景就是那幅原画，这一次只有点缀的山崖轮廓是血红的。最开始石鲁为了逃脱牢狱之灾藏在了陕西的乡下，但最终又不得不疲惫和邋遢地自愿回到当初逃离的单位。

受精神分裂症的影响，石鲁的才华在晚年偶有闪现。他完善了从印度和埃及带回来的素描，得到了人们的好评，但其画笔的劲道有时显得力不从心。在《玉龙白雪一天清》这样带有浓郁的表现主义作品中，画的内容和题诗部分难以分清，画中的书法出自颤抖而愤怒的手。在西安周围依旧流传着一些故事，说狡猾的人怎样利用石鲁晚年的苦恼，拉他到小馆子喝酒，直到他信手免费画一幅署名的梅花。他去世后，香港和其他地方的收藏家竞相收购其真迹，拍卖行不得不制定严格的标准来确定石鲁画的真伪。

“西京王”

王西京的名字是其母亲的第二个丈夫给取的，这的确也显示出了他在这个城市的地位。问一问当地50岁以上的人，即使是对美术毫无兴趣的人，也极有可能记得20世纪60年代、70年代和80年代，王西京先生为《西安晚报》所做的上千幅插图、题头和尾花。后来“文化大革命”结束后，这些似乎在报纸内容上小小的革新（据说是全国首创）成了出版界宽松氛围的美谈。

令人羡慕的是王西京三十五六就在业界声名鹊起。1980年，他应邀成为文化部中国画创作部最年轻的画家。和他在一起的已故大师有叶浅予、黄胄、程十发、李苦禅、关山月、宋文治、孙其峰、李群和周思聪。有半年时间，他曾住在颐和园里创作。1983年，凭借精湛的画技和良好的职业道德，他当选西安美术家协会首任主席。随后他创建了西安中国画院，并任院长至今。王西京的努力没有停止，他运用自己几十年所积攒的人脉恢复了陕西省美术家协会的活动，打破了二十几年来陕西美协一直没有执行主席的局面。出任陕西省美术家协会主席后，2011年他筹集了2300万元的陕西美术事业发展基金。在北京的中国美术馆，也就是50年前“长安画派”赢得认可的地方举办了“长安精神——陕西当代中国画名家作品展”。

王西京的传记概括了改革开放前的艺术家所遭遇的挑战。他虽然当时进了西安美术学院，但正规的教育却常常被定期到周围的农村劳动所打断，他利用零碎时间打下了艺术基础。12岁那年，他恰巧买到了一本二手的《芥子园画传》，和清朝以来几乎每一个有抱负的画家一样，此书成了他理解绘画和运笔技巧的启蒙素材。上初中时，得益于一位名叫薛范的图书管理员，他得以偷偷地溜进省图书馆的书库，在那里研读不对普通人开放的各个朝代的美术作品。他偷偷地学了三年后，薛先生被裁员（城市居民粮食定量的才可以留下）回到了兴平县的农村老家。王西京不得不寻求其他良师的帮助，这个人就是西安回民文化俱乐部的余振成。余先生指导他应怎样和画家接触，并对王西京所有个人作品给出建设性的意见。

通过和余先生的接触，这位萌芽期的艺术家看到了在20世纪60年代到来时的社会阴暗面。余先生以健谈而闻名，对自己看到或听到的反感之事口无遮拦。他的多嘴招致了红卫兵的粗手，他试图跳楼自杀，跳楼的时候被空中的电线挡了一下没有成功，结果摔断了腿。他被关进监狱，后来被执行死刑。师生二人最后诀别的时候，余先生告诫这位年幼的弟子要远离是非和中伤，老师有难时要保护。王西京把此话铭记在心，甚至当他的一位老师已经被打倒，面对更大的残忍折磨时，他还依靠家里亲戚的帮助，为老师提供庇护。

读他朋友和早期的学生倪娜写的传记，人们可以想象王西京在“文化大革命”中经受的个人风险。站在离家不远靠近城隍庙的街角，王西京目睹了卡车拉着余振成和其他犯人去刑场的过程。余振成脖子上挂着一个牌子，上面写着他的名字，名字上打着红叉——其注定的死亡无须解释。虽然谈到年幼时在乡下的那段生活颇为轻描淡写——如每个村里吃的米都不一样，住处的阁楼极不舒服时，他不得不睡在一个棺材里，但在王西京成熟的审美观后面有一种定力，这只能在亲身经历了人类的残忍后才能拥有。

《兵谏一九三六》真实地反映了张学良和杨虎城两位将军决定绑架蒋介石，逼迫他和共产党组成联合阵线抗日的历史。“西安事变”是中国当代史上众所周知的故事了，但王西京创造的是一副奢华的背景，人物的头顶是西式的枝型吊灯，洒下一片象征性的光芒，脚下是波斯地毯。桌面上是一幅没有打开的西北地图，旁边是一把手枪，杨虎城触手可及。枪口对着张学良手臂所指的方向，可能是指着临潼。这一切后面的孙中山像提醒人们中国人可以超越过去几年来意识形态上的冲突。

王西京的另外几幅名作也是以民族和政治命运为灵感的。1984 年创作的一幅两米乘两米的作品名曰《远去的足音》，是为了纪念“百日维新”中的六君子。1898 年 9 月，谭嗣同、康广仁、林旭、杨深秀、杨锐、刘光第被捕，经过草率的审判后，在菜市口被砍头，罪名是参加光绪皇帝发起的改良运动。戊戌六君子的命运是一场背叛和替罪羊式的悲剧。当时，据传慈禧欲软禁光绪皇帝，谭嗣同想寻求袁世凯的帮助，共同反对慈禧，袁却将机密泄露给了忠于慈禧的保守派。回忆起来，这一独断专权的事件让人觉得苦涩。因为康广仁被捕从表面上看仅仅因为他是流亡在外的康有为的弟弟。临刑前的六君子，形象伟岸，肝胆忠肠，手握镣铐而痛心疾首于民族命运。画中唯一的彩色是散落在地上的红枫叶，这也许象征着烈士的鲜血，或者预示着对将来改革的一丝希望。王西京的题跋蕴意深刻，评论家认为二十多年了，这也是人们首次看到这幅画为之震撼的原因之一。

现实有时的确能缓解过去的伤痛。王西京准备自己在巴黎的个人画展时（不幸的是由于 2013 年 11 月、2015 年 1 月和 11 月的恐怖袭击一再被推迟了），年事已高的薛范来信说要送一件迟到的礼物，原来在他收藏的无数画卷中，这位思想依旧敏捷的有心书法家依旧保存着一幅仅有的余振成的作品。

长安癫痴坊主的涅槃

岳钰教授的一天非常充实，他辛勤地奔波在城墙之内的画室和他在西北大学博物馆地下室的个人画廊之间。在其画室里人们可以看他伏案作画，在画廊里艺术粉丝可以听人讲解和参观。他应该永远不会患铁和维生素 A 缺乏症，依靠长安的主食如葫芦头和鸭血，他的身子骨很结实，而这些食物对于肠胃挑剔的上海人和浙江人来说肯定无法接受。有人说只要他愿意，早就可以成为百万富翁了。高新和曲江的小资们经常光临，都想得到一幅他的作品来装饰自己的别墅。其人我行我素，原因很明了，他宁愿穿着那件无袖的夹克也绝不会为了一套奢华的普拉达而去搞艺术。

迈克尔·苏立文绝不认为唐朝以后长安依旧保持着中国山水画的传统。造型艺术不同，秦、汉和唐对人物造型和陶瓷雕像都有各自的理念。明朝的陶艺制品显示出人们从未放弃按自己的感知去描绘人物的抱负。我们不敢完全肯定，这些艺人作品拥有和创作栩栩如生的西方肖像画同样的活力，因为这些作品通过服饰显示出了人的官职和种族。和皇帝不同的是，把自己的名姓留给后人这一现象很罕见。与这种三维模式并行的是，佛教画家用谄媚的肖像式图画在塑造神灵。

数年前，岳钰教授还是个名气一般的艺术家，他画中的主题都是西安周围的日常文化，如摘辣椒的女人，在路边小店吼华阴老腔的情景等。随着对中国禅宗的理解不断加深，他有了一种冲动，那就是用宗教造型来表达新鲜的气息。画的越多，长安与印度之间的联系以及佛经的来龙去脉在他的脑海里就越明了。他描绘的草堂寺抄经场面，浓缩的是一个崭新和寓意巧妙的精神世界，现在看来仿佛是上天对他的恩赐。大师鸠摩罗什讲经的时候，上百位弟子盘腿坐着，虽然每个人的服饰是一样的，但脸上的表情各异，有的全神贯注，忘掉了人间的烦恼；有的如醍醐灌顶；而有的则是一脸茫然。人群旁边卧着一只白狗，两条后腿交叉，意味着它不会袭击任何人。此犬是否也领悟了佛的真谛？难道它的前世也是个佛门弟子，当年曾和译经的弟子坐在一起？

岳钰教授也在《玄奘的出殡队伍》中领悟到了辛酸，画面从浓稠、几乎是迂腐的色彩中淡出，褪色的乡村僻壤里很难看到他画笔中的线条。相形之下，法显的思乡却被表现得很到位。画面的外围上有一只黑孔雀，在浅绿色的印度植物中摇着尾巴。而玄奘的脸色是灰的，要是没有他平日的光辉，这位圣人与身下的石头路面和身后的台阶没什么区别。画面上那些轮廓分明的脸，蒙着阴影的眼窝，下巴翘着，富有表现力的眼神显示出作品的人性关怀。

岳钰教授游遍了亚洲、北美和欧洲，他在非洲逗留期间出版了一本素描集，有点像石鲁在印度期间的作品。他记录乡村妇女的外貌，通过模仿雕刻的护身符练习书法。除了四海一家的思想外，他觉得《西游记》中的路线和自己有缘，并渴望去探索。也许这一切本就是他的天性？当他的手抚过自己天生的卷发时，他总是说："我是长安当地人，我从娘胎里出来就这样，要是我的祖先走过丝绸之路，可能路上让他高兴的不仅仅是佛经。"

2015 年，岳钰的名声空前响亮，他的大作《用东方智慧浇灌中印友谊》作为国礼送给了来大兴善寺参观的印度总理莫迪。为表示中印友好，印度总理在寺院里栽了一棵菩提树，并接受了赠予他的礼物。岳钰对自己的作品解释如下：

……我所绘《用东方智慧浇灌中印友谊》，就是用的日本生产的“和纸”，古印度迦毗罗卫国（今尼泊尔共和国）的菩提树叶，画的是我们陕西省碑林博物馆所收藏的南北朝时代北周的佛头。这本身就反映出了佛教国际化的过程……

莫迪总理也参观了岳钰教授新近完成，挂在寺内的《开皇三大士》的造像。得到莫迪总理的赞誉后，岳钰后来复制了一张寄到了印度，并在信中写道：

…（《开皇三大士》的造像）其中就有您的同乡“达摩笈多”大师，他在中国长安（今西安）26年，用自己的才华为中印友谊做出了贡献，是值得人尊重和怀念的，我为此寻找了大量的资料，以印度犍陀罗艺术和北魏中国艺术为依据，怀着一颗崇敬的心创作了他的形象……

无论是否是画家表达敬意的一种机智，抑或对印度人普遍人面相的观察，莫迪总理的眉毛和画中达摩笈多的很像。岳钰的作品现在和他的视野一样走向了西方，我们将拭目以待，看印度的佛门弟子会怎样评价他这种跨国界的文化遗产再创造。

我很不理解那些企业家和行家的心思，为什么要用巨额支票来交换一幅应该挂在寺院墙上的画作。除了创作表达宗教情感的严肃画作外，岳钰教授也创作带有讽刺意味的小型系列画。他把对猴子和蟾蜍的敬意与当今的社会现象结合起来，画上的标题都是幽默的当地方言。中国人从幼儿园时就知道了孙悟空，但有人真正的想过其化身的来源吗？

《西游记》的作者吴承恩，深知佛教是从印度婆罗门教演化而来，故选择了婆罗门教的“智慧之神——哈奴曼”作为孙悟空的原型，同时也成为中产阶级知识分子的代表，而取经之路也即“丝绸之路”。

——岳钰佛教美术馆画廊解释词

他画的十幅作品展现了猴子加入或观察人们所熟悉的21世纪社会情景，每一幅都有讽喻性的旁白。如看到一个拿起画笔作画的裸体美女（她应当是写生的模特）后，一个猴子对另一个说“我给你说了，人现在和咱们一样了。”当一个猴子戴着人的假发、穿着套裙和夹克招摇走过时，那两个猴子说“你手里拿的是路易·威登，穿的是芬迪，但走路的姿式和咱们一样。”

就蟾蜍而言，岳钰让我们思考的是：为什么人特别讨厌这种动物。

在中国美术史中，从未有人将“癞蛤蟆”这种难看的两栖动物独立作为绘画主题，佛教也是把它作为印度反抗种族制度的“草根阶层”来描写的，但我更敬重它，虽难看，死后还可入“汉方中药”治病救人，无私奉献。

——岳钰佛教美术馆画廊解释词

他画的蟾蜍在宇宙里有自己的位置和审美观。有一只蟾蜍跳出泥潭，在一棵粉红的莲花下晒太阳，若有所思地说：“其实我也爱玫瑰。”而另外一只望着天空的蟾蜍说：“妈的，天鹅就是比咱好看。”一只喜好偷窥的蟾蜍，向一个穿着名牌牛仔裤和高跟鞋的女人爬去，那女的蹲下了，这个虚伪的蟾蜍望着人家半开的裤腰说：“她们为啥都要穿低腰裤呢？”他的幽默有的用英语没法表达，但他的“我们”和“它们”，也就是“人”和“野兽”之间的界限颇有创意。要是我信他的来生说，也许我不会介意在岳钰先生描述的世界里度过来生。

民间艺术和外行艺术家

只要长安区的天一阴，或者是教学楼里停电，我就会跳上616路公共汽车，径直到陕西师范大学的新校园去，消磨一两个小时。那儿的图书馆里有一个所谓的“女子博物馆”，是西安人很少注意但却有永久珍藏历史的地方之一。我对那里展出的56个民族的婚礼服饰没有多少兴趣，对周至县接新娘的轿子也不感冒，我喜欢的是那些手工艺品。它们展示的是不识字、几乎到处受压迫的乡下女人表达自己感情的方式。感谢现代传媒，让全中国的人都知道了湖南江永县的“女书”。

那里的女人把自己的辛酸用一种独一无二的暗码绣进了衣服和方巾里，而解码方法只在自己手里。2011 年，根据美籍华裔作家邝丽莎的同名小说《雪花秘扇》改编的电影上映，因此全球人都知道了“老同”之间那种神秘的沟通方式。

我们也许会有点失望，以为陕西没有这种系统的传统民间艺术。当然“女子博物馆”里的陈设也有关中刚结婚的新娘跟着年长的女人去“求子洞”的习俗，是把一个阴茎形状的石头塞进一个洞里，祈求上苍赐给她一个儿子。合阳县的传统是婆婆会给媳妇一个“莲花娃”，这是一个布娃娃，里面塞着怎样伺候丈夫和应对外面人说家里人是非的教导。说到民间的创造性，就汉语的“民俗”而言，陕西师大收藏着独特的宝贝，其中就有已故的旬邑县艺人库淑兰的作品。库淑兰年幼时大脑受过伤，这个乡富村（俗称王村）的农民得到了神的启示，要她尽自己所能让乡下生活中的一切事物不绝于史。经过多年的努力，她革新了一种费时的淳朴技艺，那就是不同颜色的剪纸，她把做好的剪纸粘好，在旁边配上自己写的歌谣，还伴有自己满意的唱腔。

第一次看到库淑兰艳俗而夸张的作品，我想到的是另外一位淳朴的艺术家，她的视野与众不同，但却与那个时代合拍。这个人就是美国的“摩西奶奶”①。她在过了古稀之年后才

---

① 摩西奶奶（Grandma Moses）原名安娜－玛丽－摩西 (1860—1961)，大器晚成，在她的晚年成为美国著名和最多产的原始派画家之一，也是风靡全球的风俗画画家——译者注。

开始创作乡村题材的风俗画，其风格虽没有彼得·勃鲁盖尔[①]那么细腻（她可能从来也没有见过这位大师的作品），但也不失活力。她为了赚零用钱卖给游客的画很快就出现在纽约市的画廊，且价格不菲，从几百到几千美元不等。

准确地说，我们可以称“摩西奶奶”是一位行内的民间艺术家，而库淑兰则是一个地地道道的西方人所谓的“外行艺术家”，这个词是英国艺术评论家罗杰·卡迪纳（Roger Cardinal）新创的。“外行艺术家”大都是自学成才的大家，颇受专家和画商的推崇，这些人通常是没有或很少接受正规的教育，生活中的思想和言行与世隔绝，实际上与“官方艺术”没有任何接触。这些人的创作动机也许很模糊，但从不考虑商业收入，作品题材都是自己接触到的东西。其中较出名的有荷兰的威廉·凡·万·亨克（Willem van Genk, 1927-2005），他因患精神分裂症而无法继续做绘图员的工作时，便转向了雨衣的绘画设计。而美国的特雷萨“奶奶”（Tressa “Grandma” Prisbey, 1896-1988）则是花了二十多年的时间收集加利福尼亚州锡米谷垃圾场的瓶子。积攒到了一百多万个后，她用这些瓶子建起了一个村庄，这就是后来闻名于世的“瓶子村”。

在我看来，库淑兰是跨立在中国传统民间艺术和“外行艺术”之间的。曾经，剪纸几乎是所有关中农村人都要传承

① 彼得·勃鲁盖尔（Pieter Brueghel，约 1525—1569），16 世纪尼德兰地区最伟大的画家。一生以农村生活作为艺术创作题材，是欧洲美术史上第一位“农民画家”——译者注。

给女孩子的手工技艺，所以库淑兰实际上是改造了已有的技艺。她的每一幅作品都有自己的说法，剪纸中的关键人物几分钟就可以搞定。其剪纸中的人通常都躯干庞大，女人的屁股特别大。人的手和脚要是不干活就比较小，只是从袖子和裤腿里露出一点点。从侧面看，人的胳膊不是从上身，而是从腰部伸出来的。人物很少有自然的表情，眼睛特大，几乎连在一起，使鼻梁没了地方，其他的面部器官显得像小小的玫瑰和茉莉花瓣。女孩子要是梳着辫子，头发就像链条或拴骡子的缰绳。我不清楚这些特征传达出的是不是专家和学者对人类的沉默态度。她的许多注解性的儿歌都是当地人熟悉的东西，表达的是普通老百姓渴望上天庇佑和祝福的愿望，如《不要扎花坐轿》：

娘娘婆，逗儿哥，
或儿或女给一个，
单要红樱打帽哩，
不要扎花坐轿哩。

这幅剪纸中的农民夫妇形象不怎么好看，但其和孩子共有的笔直刘海和紧锁的眉头证明了他们之间的关系。

相形之下，自然界中的植物倒是无比灿烂。牡丹随风起舞，菊花如闪亮的车辐条，放射着黄、蓝和褐色的光芒。库淑兰对水果似乎特别着迷，有时候，她还喜欢用谜语来表现个人的美和虚荣，如在《姑娘爱我石榴情》中：

青枝绿叶红，
姑娘爱我石榴情，
把我叫到小房中，
一夜捆紧没放松。

这个谜语的谜底当然是指姑娘在晚上包指甲花。有关石榴的题材很多，虽然石榴的颜色没有标准，但其果实却总是让人们联想起举世公认的象征，即生育力强。石榴的一端像臀部或裂开的缝，而另一端则是红红的高耸着，也许像是乳头。有时候，石榴还带着像被压扁了的叶子。在有的剪纸里，人们在欣喜地拥抱和抚摸石榴。我还没看到她剪的桃子什么样，因为她的剪纸被放在篮子里用手帕盖着。习惯上桃的寓意更深，如在《手提仙桃四两半》里：

手提仙桃四两半，
吾下红尘将儿劝。
恶人难把大劫免，
善者在外能久全。
二八月内狂风残，
留人只有一二三。
天罗地网齐下界，

忤逆不孝要收完。

库淑兰的作品也不回避世界末日的阴暗和威胁。不知有意还是无意，对于她是否在描述自己的现实生活，人们常常觉得是含糊不清。但至少有两幅剪纸配的是同一首歌谣，说的是有人来到了她家，如在《剪花娘子歌》里：

剪花娘子把言传，
爬沟溜渠在外边，
没有院庙实难堪。
热里来了树梢钻，
冷里来了烤暖暖。
进了库淑兰家里面，
清清闲闲真好看。
叫来童子把花剪，
把你名声往外传。
人家剪的八宝如意图，
剪花娘子铰的红纸绿圈圈。

库淑兰的作品曾经在台湾和欧洲展出，她是第一个在法国公开展览自己作品的陕西人，也许盖过了王西京的风头。但这么说的人也许是有些酸葡萄的心理。

第十二章

黄土地上的硕果：陕西作家

英国同学：那你认识中国的一些名人和大家吗？

我：认识好多文化界的，但不清楚是否在这里也有名。

英国同学：介意说几位的大名吗？

我：陈忠实。

英国同学：没听说过。

我：方英文。

英国同学：你是说台湾的领导人吗？

我：不是。那你知道孙皓辉、吴克敬和叶广芩吗？

英国同学：也没有印象。

我：安黎。

英国同学：什么？难以置信，你真的认识他？

我：确实认识。怎么会不认识呢？你最喜欢他的哪部作品？《小人物》还是《痉挛》？你知道他的作品有时有点灰色……

英国同学：这两部作品都不知道，但我喜欢他的《卧虎藏龙》，还有《断背山》的结尾都把我女朋友看哭了。（在英语世界，台湾籍电影导演李安的英文名是 Ang Lee，和陕西作家安黎的汉语发音一样）

好吧，这其实是我编的一段对话，但就陕西文化和文学而言，在英语国家和我所旅居的陕西之间的确有一道巨大的知识缺口。眼下，有关“软实力”对于中国崛起并屹立于世界的意义谈论很多，相关文章著作也不少。没完没了的论坛和会议都在质疑，为什么中国在文化艺术领域没有获得像经济发展上的辉煌成就？这一质疑几乎成了经济领域的一项新兴副业。有很多次，我坐在豪华宾馆的圆桌后面参加论坛，一边喝着绿茶，一边接受咨询：为什么陕西文学在国外的读者不多？我提起过小说的篇幅，说西方读者对一本小说的篇幅观念可能是中国读者的三分之一，我也提到了文化上的各种差异。就我个人而言，我喜欢贾平凹的《土门》。但当有近百万外国人签名请愿，呼吁认定玉林狗肉节违法时，我们可以想象，读者对这本小说开篇会有什么样的强烈反应。在小说的开篇，人们排队去看警察处死流浪和没有登记的狗。

细想起来，我们不禁感到中国文学（特别是地方色彩的文学）在国外的造势上落后于电影和视觉艺术。即便张艺谋在英国不是家喻户晓，但我的很多同胞都喜欢他的《十面埋伏》，认为该片是武打片里的经典。陕西被誉为“中国文学大省”，但这张名片却没有打到国外去。在本文，我也只能对这个地方的一些文学亮点浮光掠影地一谈，说一下究竟哪些作品适合译为英文。

发轫之初：走向皇甫村与蛤蟆滩

延安是1949年以后中国现代文学的孵化地，但谁能正确无误地说出有多少作家在拿起笔以前，曾经仔细打量过保安根据地呢？2014年末，沙博里(Sidney Shapiro)去世，享年近99岁，但英文讣告却没有提到他与这个地方的创造性的联系（在大革命期间，他尽量回避那里，后来只作为国宾访问过一次）。沙博里翻译柳青的《铜墙铁壁》和杜鹏程的《保卫延安》时，这些小说的思想意识鲜活而接地气。国内出版社为了宣传，率先将这些作品译成了外文。至少就西方媒体而言，人们记得沙博里是下功夫翻译古典名著《水浒传》的人，他翻译陕西作家的小说甚至无人提起。

沙博里去世后几天，我终于从书架的顶部取出了这两本书。杜鹏程先生的大作我们学校的图书馆有十几本，但似乎没有人注意到我的借阅已超期三年。柳青的《铜墙铁壁》是我在英国从网上买的，书店的老板在书中给我夹了张便条，说“希望你喜欢这本书，我们很少有这类书的订单”。说实话，我眼里的标准不一样。在大屏幕上看的有关内战和抗日的电影太多了，还有克莱恩的《红色英勇勋章》和海明威的《永别了武器》等作品，使我对疯狂的战争都麻木了。然而，这部小说除了是军事题材外，在我耳边回响的是乡村的抒情描写。当要为民兵们找一个藏身的地方时，书中写道：

> 各村来开罢会的干部有些人张一言李一语，谈论着同治年“回乱”时藏反挖下的崖窑，已经多年没用了，下雷雨时山水冲坏的羊肠肠路，已经给崖上的酸枣和柠条长满了，而崖窑里野兔和松鼠打洞，野鸡和乌鸦在里头拉屎，不知弄成甚样子了。这些人说，不值得费工夫去整拾它；他们说敌人来了去藏一下，敌人一走就各回各家。
>
> ——柳青，《铜墙铁壁》，第 104 页

这样的风景从此以后就没有再被精致地描述过吗？吴克敬在其中篇小说《状元羊》的前几章里，描述农民为了躲避贪婪的干部，藏在龙尾沟的窑洞时，营造的氛围很接近柳青的自然主义风格。和其他地方的农村一样，当地自然风景的律动和质地很容易吸引外国人的眼球。

我小心翼翼地把手伸向了沙博里翻译的其他陕西作家的大作。有三次我都试图读完柳青的《创业史》，但每一次都因与梁三早期的苦难有关的深厚背景故事而放弃。沙博里的语言似乎怪怪的，虽然他力图使歌颂集体主义优点的段落显得与其他译者不同，但他没有捕捉到关中人说话时的鲜活。最

后，陈忠实去世后不久，我把他对柳青的评价读了两遍，这才意识到只有读懂了《创业史》，才能中肯地理解上半个世纪的陕西其他文学作品。

陈忠实先生在十几岁的时候就读过他崇拜的英雄在杂志上新连载的作品。他每周攒两毛钱买《延河》杂志的连载作品，《收获》刊登柳青的作品时，他才在中学完整地读到了作品。“文化大革命”期间，他又在南泥湾顶着风险读了被禁的版本。20 世纪 80 年代初，他再次重读《创业史》，内疚地意识到今天他在政府的工作，即在渭河边上一个村子一个村子地说服农民，说服干部，宣传分牛分地单家独户种地，其实是在解散柳青所描述的集体农业制（见陈忠实“我读《创业史》”）。尽管如此，他深刻地意识到，柳青对人物的塑造以及心理特征描写使这部作品经住了时间的考验。当然，梁家老一代人与新一代人之间的不同观念，可以说完全是栩栩如生，是一部有教育意义的文学作品：

> 为了公众事务把世俗人情撇在一边，这种心情，是梁三老汉所不能理解的。他一辈子老实、无能，对环境的压迫逆来顺受，人生的目的十分微小。
>
> ——柳青，《创业史》，第 17 章

20 世纪 20 年代在可怕的饥荒中躲过一劫的梁三老汉，斥责儿子为公忘私，在梦里他渴望儿子能孝敬他一件过冬的棉衣。而他儿子的远景式领导是保证村里的人以后不受穷。两人对对方都没有怨恨，农业改革实际上是加强刘家的稳定，而不是削弱。

海明威认为 20 世纪以后所有美国小说的源头都是《哈克贝利·费恩历险记》，《创业史》和关中作家的关系亦是如此。1949 年以后中国的文学创作遵循的是毛主席的“文艺作品在根据地的接受者，是工农兵以及革命的干部”的原则，他还进一步说“人民生活中本来存在着文学艺术原料的矿藏，这是自然形态的东西，是粗糙的东西，但也是最生动、最丰富、最基本的东西；在这点上说，它们使一切文学艺术相形见绌，它们是一切文学艺术的取之不尽、用之不竭的唯一的源泉。这是唯一的源泉……”（见毛泽东《在延安文艺座谈会上的讲话》）。我们要想了解早期描写集体主义的精华作品，就必须去西安南边的长安县（现在的长安区）。美国加州大学伯克利分校的中国文学和比较文学教授西里尔·伯奇（Cyril Birch）指出“在所有想表达中国共产党领导下的新社会道德的小说中，没有比柳青的《创业史》更出色的作品”。伯奇似乎在支持陈忠实对这部小说的正面赞扬，他赞扬小说对人物的刻画：

梁生宝的魅力是这部小说成功的关键。他也许是个英雄，但却是一个朴素的英雄。他是借他父亲梁三老汉这个极其重要的中介人物的导引，曲里拐弯地出现在小说里的。他父亲顽强的个人主义受到了梁生宝时刻准备着把集体利益放在家庭个人利益之前的冒犯。梁三老汉本人也是一个杰出人物，长期以来顽固不化，但最终还是变成了一个甘为集体利益牺牲自我的新人，其回报就是作为合作社领导人的父亲有了新的尊严。

——西里尔·伯奇著,《共产党领导下的文学》，第775页

为了给小说搜寻原始素材，从1954年到1960年，柳青一直呆在皇甫村，他在那里留下了什么痕迹呢？那里每一个过了60岁的村民都知道“刘老师”的故事吗？在得到了十万多元的稿费后，他慷慨地把这笔钱捐给了被毛主席称为是“矿藏”的农村合作社。人们记得这个堪称典范的英雄、笔墨在身的梁生宝吗？

要简单地回答第一个问题，可以去看柳青的墓。他的墓位于皇甫村。开车到皇甫村，那儿社区的一块平地像是一片死水，被太阳晒得褪色的广告牌倒在公路边的沟里。唯一感到有人类生活的迹象是远处有摩托车发动的砰砰声，和一位患痔疮的农家妇女在厕所里的压抑呻吟声。拐往连着大街的路堤，在村委会的院子里，一件不明真相的事不是正在计划就是才刚刚结束。我们正绕着一个没有顶棚的华盖架子走着时，一个穿高跟鞋的干部告诉我们来错了地方，柳青以前住的地方在山那边。关上车门气氛更加神秘。我的一位同伴开始吹牛了：“有一点可以说的是，欧洲的教堂会给陌生人指路，而我们在这即便是转上几个小时，也不会知道到底该去哪

里。”“村委会就是我们的‘教堂’。”我们的司机说，她一边说着一边摆弄着优雅的长发上的发夹。

再往上走了走，我们得到了一位下了班的中学教师的帮助。她说我们运气好，柳青墓正在被维修。我不知道柳青墓大门旁边刚完成的浅绿色壁画上的柳青像是不是为了表达对他的尊敬，那简直有点像外星人。从其他正在画的场景中，人们很容易能认出小说中大事件中的人物。一位说他已经66岁的男人松了松被汗水浸透的衣服，说柳青家曾经就住在山脚下，柳青喜欢和他的兄弟们玩。“都没有了，被推倒了。你想，他在‘文化大革命’中坐监狱的时候，人家会让他家的房子安生吗？”我耸了耸肩，给他递了根烟，问他还记不记得别的什么事。“有更具体的事吗？能给我们讲一些他的趣闻逸事吗？”我问他。他先是沉思了一会儿，接着咧嘴一笑，露出了嘴里的金牙：“太小了，当时太小了，记不住。村里要是有九十多岁的人还可以帮你。不过，你想，那个年纪的人早都死了。”

不是所有的评论家都像西里尔·伯奇与陈忠实那样看待《创业史》的创作。海外学者夏志清显然对其冠之为“毛时代的小说”看法不一，他写道：

> 作家与人民在一起生活的一个好处是，他们在应用民间语言上有了进步。跟早期几乎与现实脱节的革命小说相比，毛泽东时代的小说，至少在语言的模仿上与对表面生活的观

察上表现得相当精确。

——夏志清著，《中国现代小说史》，第480页

即便如此，在他看来，政治上的矛盾苛求，使20世纪五六十年代的作家无法把自己对乡村无产阶级的感情化为真正有审美情趣和有价值的东西。

大陆的新小说家所能做到最好的，便是创造出一种肤浅的“资料写实”文学。但骨子里，这些写实文学一点儿也不真实，因为老百姓间真实的感情和思想，都一律被有系统的加以歪曲来符合乐观主义的公式调子。甚至农民的语言也堕落为死板的粗话和土语，因为那些语言的作用，已经不再是为了表现真实的感情了。在感情冲动时，农民的语言本是饶有诗意的，但在大陆的“写实文学”里已失去了。再说，特意去培养方言文学，与其本来的“文艺大众化”目标相违，因为它破坏了早期白话文作家苦心孤诣栽培的成果，那就是国语的推行。

——夏志清著，《中国现代小说史》，第481页

整整40年后，我们读此书不是为了改变思想，而是为了了解前辈人怎样解决社会中的不公。多亏人们已经承认他对新的史诗性作品产生的一定影响，如对《白鹿原》，柳青从20世纪70年代被忽视的泥淖中给解脱了出来。虽然

他的作品不是没有瑕疵，但作为经典的地位（至少在当地）是被确立了。

《创业史》公认的最大不足是，柳青决意把焦点放在下坡村里的男人。书中出现的女性人物，要么是贤妻，要么是渴望通过考试，到西安的纺织厂去工作的年轻女子，她们很少是革命的动力因素。更糟糕的是，梁生宝的光辉形象有瑕疵，他还没有把解放女人纳入到他的事业中去。他的沉默也许反映出了乡下人根深蒂固的大男子主义，害怕女人头脑里的东西一多就会带来混乱，让人分心。《创业史》里的反面女性人物是素芳，素芳16岁的时候和一个跑生意的私通怀孕，很快又被那个人抛弃，最后不得不嫁给一个年龄大她一倍，名叫拴拴的男人。她的名字实际上是邋遢的代名词，以至于那些太年轻、不谙婚姻世事的年轻人觉得宁愿单身到老，也不愿娶像她那样的媳妇。通过第三人称的叙述，我们知道对旧中国的偏见深埋在她心里，使她想象不到改革的前景：

> 可怜的素芳的思想、意识仍然停留在旧社会。至今没彻底解放或根本没解放哩。素芳不能和男人接近……素芳只被允许到秃顶梁大老汉家去串门，因为瞎眼公公认定富户比穷户的德性高。素芳哪里来的新思想新认识呢？
>
> ——柳青，《创业史》，第21章第372页

这里作者的口吻很像乔治·艾略特在小说《亚当·比德》

中对海蒂·索雷尔的描述。海蒂也是一个缺少教育的乡下女孩，自私自利，爱占小便宜。因此，她拒绝未来丈夫的诚实和朴素。虽然情况不同，但她和素芳都是未婚先孕。让海蒂怀孕的是一个乡绅，她希望以此来骗人家与自己结婚。她后来在树林里杀死了私生子，因为她意识到这是她以后工作和婚姻的障碍。素芳对物质上的粗俗依赖通过她在护理产后期间与其堂姑父的交往中显示了出来。她的堂姑父姚士杰是个富农，住的是干净、整齐的砖铺院子，这让她着迷。在老婆睡着后，他乘机占这位可怜姑娘的便宜，胁迫她与他发生了性关系。好像是为了加重他的邪恶一般，在小说的最后几章里，他最终反对梁生宝的改革，想保住自己的余粮，被揭发后成了阶级敌人。

对素芳的刻画有点过度的二维化，她是一个被剥夺了自由的人，只能随波逐流。她的命运引起了一位陕西当代作家的注意，那就是在《创业史》出版后出生的寇辉（他1964年出生在淳化县）。在其中篇小说《黑夜孩魂》中，他先是从素芳死掉的孩子的视角（她丈夫在瞎子老爹的怂恿下打她，把她打流产了），然后从年轻妈妈几年前追求姚士杰的视角讲起。这是一个特别沉重的超小说，柳青追求的是夏志清批判的乐观主义，而寇辉把拴拴在蛤蟆滩的家描写成了一个受罪的魔窟。素芳不是妓女，她和一个男人好，这是她一生中第一次有男人关切她的生理感受和满足感。的确，她想用自己的身子——这个给她带来很多麻烦的身子——来抵抗。最好的办法是再怀一次姚士杰的野种，这样就能把让她愤恨的公公成为“王八皇帝”。但这只能是幻想，她在泥地上被打时受了内伤，虽然不到十六岁，但已经被剥夺了生育能力。换一种办法报复，让拴拴和他老爹没有后人，断了王家的香火，也许是对这个家更严厉的打击。正如拴拴是一个野蛮、愚笨的丈夫一样，她成了一个冷酷、铁石心肠的女人。只不过她的被动带来的是更大的蹂躏。

结局回答了《创业史》中提出的两个问题。素芳到她堂姑家来的时候提的那个“布兜”里装的是什么呢？是衣服、日用品或其他什么吗？另外，这真的是一个很重要的细节吗？寇辉解密说那里面包着的是她孩子的遗骨，那是她从老家肮脏牛圈里的坟地挖出来的。拴拴跟着梁生宝到山里去割竹子的时候，她要把孩子好好地埋起来。在河岸上，她心里升起的是郑重的祝福。

孩子，以后那种脏气味再也不会侵害你了。你再也不会睡在牛圈里了。这河流是多么清明。你不会感到孤独的，渭河会一直陪伴你的。风还在吹着。远处飘过来一种低沉的嚎叫声。是狐狸吧。不像。是狼。狼就是这样嚎的。河滩非常荒凉。可我又能把孩子安置到哪儿呢？那是什么？我的眼睛花了吗？一个孩子在河对岸奔跑着。是个女孩。头发长长地披散在肩上。她赤条条的，皙白的身体放射着雪一样的光芒，浑身上下什么都没穿，连一只破烂的鞋或一只褴褛的袜子都没有。整个身体上一根线儿都没有。可她身体上糊了一种东西。她一边跑一边大张着嘴，好像在呼唤着什么。可听不见一丝儿声音。唉呀，她身体上糊的是牛粪！她就是常常在我梦里出现的那个女孩儿呀！

——寇辉，《黑夜孩魂》

囚禁在男权社会的笼子里，她由于未婚先孕而受到人们的责难。睡眠成了另一个空间，在睡眠里她找到了一种解脱。尽管如此，她虽然在幻想另一种活法，但她的无意识里常常出现孩子那幽灵般的影子。现实在这里被拔高和强化了，一个太小、太弱、无法保护自己肚子里的孩子的人，心灵上正在接受对自己早先不轨行为的惩罚。把孩子的遗骨安置在远离蛤蟆滩的一个像样的坟地里，至少让这位母亲没有了精神上的折磨，不会让她觉得被谋杀的孩子就躺在她的脚下。这是否足以驱邪，消除对她永远的折磨，故事的结尾没有说。

寇辉的构想让人极其不安，但他是陕西文学界最新锐的作家之一，其声音不可低估。他的作品不是很长，通过营造一个不明确的结尾，让读者的印象也停留在半梦半醒之中。

比他年长的同时代作家吴克敬和安黎在关中平原的农村发现了生活的苦难，但也看到了生活幽默的一面。安黎呈现的是一种极度的淫秽，让读者都能感到面部的抽搐，但最后却化为欢喜。从某种层面上讲，《痉挛》的发生地和《创业史》很相似。小说中的人物李银元（当时的年龄和梁老汉一样）在旧中国备受地主的折磨，当地政府希望他到周围的村子，现身说法证明现在的生活是多么美好。他不是个像梁生宝那样的人，只是一个普通的农民，嘴笨，个子也不高。领导们害怕他一上台就紧张。他们不知道的是，他的沉默源于早年的痛苦折磨，包括用一把火钳折磨自己，使他患了阳痿。领导们表扬他是一个乡下有价值的人，恢复了他的尊严时，他们没有意识到，自己所关心的这个人的男子汉气概被野蛮地夺走了，也毁掉了他在婚姻生活中的自信。作为一个较为年轻的作家，安黎能够有意识地使用被夏志清教授斥作“欢快的笔调”的方式写作。由于不像柳青那个时代一样要紧跟党的路线，他可以把身边农民的个人苦难与大众的狂热并置在一起，达到一种滑稽可笑的效果。这些东西和小说里的其他成分一起奠定了安黎喜剧大师的地位。

贾平凹其人：大师的书房一瞥

走进贾平凹的工作室，感觉有点像走进某个绝密的政府档案室。拜访者们来到一座大楼的最顶层，首先面对的是一个巧克力棕色的大铁门，铁门由一串门闩把守。我想起了他的一首诗。20 世纪 80 年代，贾平凹写过不少诗，但他的诗歌却从来不像他的散文那样有名。

城市里人最多

多一百个人也不见多

家家门上都有锁
锁了君子

深山里人最少
少一个人就分外少
门都是树枝编的
拴门的是一个竹棍

深山里没有铁锁
城市里没有秤锤

第一次与贾平凹见面是在二月底，也刚好是我的30岁生日。早饭吃了肉夹馍，喝了“冰峰”汽水。春节的迹象仍很明晰，内门框左边贴有巨大的“福”字菱形海报。“福”字在中间，意思是“好运”。再下面是家大银行的标识和设计者贾平凹的签名。毫无疑问，这表明又一个双赢的合作已经在该设计者和商界之间达成。在陕西艺术界流传着一种说法，不知道是否有挖苦的意味：“陈（忠实）要名，贾（平凹）要钱，高（建群）要友”。

毫不夸张地说，贾平凹的小说和书法作品在西安随处可见。高级酒店老板都以悬挂有他题字的匾额为荣。在国际园艺博览会上，他以“官方书法家”的名义设计的文字被雕刻在巨大的黑色大理石牌上，矗立在陕西园艺馆的入口处。

虽然西方世界对贾平凹知之甚少，但在国内他被普遍认为是真正的“文艺复兴者”之一。他属于成长在毛泽东当政时期，活跃于1978年开放之后有独创力的那一代人。除了字画受艺术鉴赏家苦苦追求外，他一直都位列最畅销的中国作家榜。

贾平凹的工作室在西安市中心，离内环路不远，已成为其个人文化产业的中枢。工作室有两层，第二层宽敞明亮，是练习书画的理想之地。第一层则是办公室兼私人收藏室。

立志成为全职作家之前，贾平凹就很欣赏自己周围丰厚的文化底蕴。20世纪70年代定居西安以后，他就开始在西安的一些建筑工地搜寻，挑选人们挖地基时扔在外面具有悠久历史的瓦当。那些年月里，购买佛教手工艺品和陶片成为他对自己的成功的奖励。

这位积习成癖的收藏家显然因古董市场对他爱好的影响感到悲伤。早些年，他曾漏识过一些不错的藏品。他曾与一幅清代大师郑板桥（1693—1765）的书法作品擦肩而过。如果当时没有错过，那肯定会成为他所有收藏品中最贵重的一件。

第一次与贾平凹见面，他的两个特点立即引起我的注意。其一，他的面部表情几乎像他桌子上的佛像一样，一动不动。如他那一代的许多中国人一样，他很少把感情完全流露在脸上。其二，他的右手似乎从来没有离开过三件物品：毛笔、钢笔或香烟。他的书房里有很多古碗，其中一个是盛满烟头的烟灰缸。在这个因窗帘拉上而十分昏暗的房间里，也许只有他能够准确地把烟头插入那个烟灰缸里吧。

那天我有幸目睹了工作中的贾平凹——对于一个外国人来说的确是个罕见的殊荣。与我一同前往的几个人中，两名是政府官员，他们从宁夏来此就是为了一幅字。他们也带来了礼物——有罐装的香烟和小袋干制的药用枸杞。抽了几支烟，开了个即席的签书会后，我们来到了楼上，一张宣纸已经平平地铺在了工作台上。

不到 15 分钟的时间里，这张纸上已经布满了精湛的笔墨横姿的汉字。对于像我这样只懂一点点中国话的外国人来说，汉字书法的繁体更是高深莫测。那是一副对联："春风大雅能容物，秋水文章不染尘"。每写完一个字，都要用一团吸墨纸迅速吸干。吸墨纸是一团同样高质量的宣纸。收尾之后，作者用红印泥按上一个指印，再盖上他专有的权威印章。

这样舒适的环境与贾的出身大相径庭。他出生在陕西省东部的一个偏僻农村。1952 年 2 月他出生在商洛丹凤县的棣花镇时，中国的乡下正紧锣密鼓地搞集体农业。教育强调的是劳动光荣和抵制金钱诱惑。由于这个社会主义国家仍然处于基础阶段，没有人能想象到贾平凹本人现在就过着中产阶级生活。

从孩提时起，这位未来的作家就相信自己不会成为农民阶级的人。他并不伟岸的身材使他无法成为一个有前途的体力劳动者。追求学业显然成了他走出家乡的唯一出路。但前进的道路并不平坦。贾的父亲是一名中学教师，他在"文化大革命"

(1966—1976) 的动乱中蒙冤，受尽磨难。后来，他的儿子在西北大学获得了中国文学学位，之后又在出版社找到了工作。

贾先生经常说，尽管在西安已经生活了三十多年，却从没有家的感觉。商州时不时地出现在他的作品里面，有时是作为背景，有时是小说中主人公萦绕在脑海中挥之不去、让人捉摸不透的对家园的回忆。 贾迷们称其小说对中国乡村生活的描述无与伦比。更重要的是，他不经意地道出了成千上万的人们的心声，每年这些人都会背井离乡到发展中的大城市里来谋生。

贾平凹完成了一系列以商州为题材的作品之后，断然地把西安作为了他的焦点。他把这座大都市的名字定为“西京”，这既指现代的西安，又有历史渊源。唐代时，长安在天宝元年和上元二年就被称为西京。

贾平凹最有名的小说《废都》就是以西京为背景的。1993年《废都》出版之后震惊全国。该书讲述的是住在西京城的一个风流捉刀作家庄之蝶的艳遇故事。作者的直白表述在当代中国前所未闻，于是很快遭当局封杀。其声名及其遭遇与80年前英国的《查特莱夫人的情人》相似。

甚至连贾斯廷·希尔在《黄河湾》中也提到了这一点：

告诉我……你听说过这本书吗？名叫《废都》，新出版的，很轰动，是西安的一个作家写的，写的是西安，但实际上那里已不再是国都了。但这确实是对中国人以伟大的过去为荣的批评。小说讲我们当使自己的思想和行为现代化，当局要审查作品，作者没有删掉被审查的文字，而是留下了很多空白……故事讲的是西安的一个作家同时和三个女人有染，拿不定主意到底需要哪一个。被审掉的部分是“性描写”，我想把这本书译成英语，你能帮我吗？我们要快，要不香港或台湾的人就会赶在我们前面。

——贾斯廷 · 希尔[①]著,《黄河湾》，第171—172页

2009年秋，《废都》重印前，大家都在猜测作者是否把删掉的文字补上了，如果是，那些“性描写”会是怎样的呢？随着互联网的出现，网上的小说经常非法插入文字，据说这些文字都是来自作者的注释。到我去边家村的时候，我知道“走私贾”的行业仍然很兴旺。不久，我就从校门外的手推车上以每本不到10元的价格买到了《裸都》(城市妓女的故事)和《欲都》，封口简介上写着“从乡村走向城市”。人们真会受这些伪造品的欺骗吗？十九岁的青少年是否会想如果他们的父母当年在大学时读到过这些廉价的书，他们还能再说三道四吗？我真的不知道。

城市与乡村的二难选择在以西京为题材的小说《高兴》(2007)里更是被描述得活灵活现、入木三分。在这部小说里，

① 贾斯廷 · 希尔（Justin Hill），英国当代作家，凭借中国题材的三部曲《黄河湾》（A Bend in the Yellow River），《品梦茶馆》（The Drink and Dream）和《天堂过客》（Passing Under Heaven）享誉西方世界——译者注。

一群朋友为了在省会寻求更好的生活离开了陕西黄土高原这个不毛之地。然而他们在省会却住进了肮脏的临租房里，被迫在街上收垃圾勉强度日。普通的一天对于他们来说，就是收集大捆的聚乙烯废品和其他垃圾去换微薄的收入。

后来《高兴》被导演阿甘搬上了银幕，成为2009年中国大陆创收较高的国产影片之一。观众非常喜欢这部电影里魔幻现实主义与市井幽默相结合的效果。电影结束的时候，两个主人公坐在自制的双翼飞机里在西安城上空盘旋。这个场景十分精彩。但是飞机翻了几个筋斗以后，副驾驶员吐出了自己的午饭。下面一位精心打扮的路人被淋在了未消化的面条雨之中。

纯粹主义者是不会迎合电影导演的喜剧处理的。贾的朋友、翻译家胡宗锋教授说“这是滑稽模仿，小说《高兴》原书真正严肃地洞察到了乡下农民进城所面对的许多困境，这在电影里没有表现。”

新声音，大回响

吴克敬和安黎还在熟悉的关中农村寻找创作素材时，其他一些作家已开始从另一个方面探索陕西的人文社会。叶广芩所选的题材就和其他人形成了鲜明对比。她出身于满清皇族，父亲是慈禧太后的亲属。正如在《凤还巢》和《月亮门》中所言，她在20岁的时候，就被迫踏上火车，来西安求职做护士。

她的小说《青木川》追溯的是被处决的土匪魏福堂的人生，现在已经被翻译成了英文，也被拍成电视剧。奇怪的是故事的背景还是中华民国，但活动场所却被移到了上海。

豹子坪家家都酿包谷酒，这酒要喝一个冬天、一个春天，一直喝到来年的新包谷下来。喝酒也是干喝，大家围着火塘，一个大号搪瓷缸，你一口，我一口，无止境地往下传，一缸子喝光了再舀一缸，再接着传。上边对这种会议方式多次给予批评，让他们整顿会议作风，因为这样开的村委会，决议往往都成了瞎扯淡，到最后谁也搞不清开会的初衷是什么了。很多的情况是村委会以后，村干部们的子女要将他们的干部父亲架回自己家中，就像城里的干部，会议完毕以后要坐“桑塔纳”回家一样。

——叶广芩,《熊猫碎货》

叶广芩叙事风格的精湛之处在于她不从村民对保护动物的无知或现代世界的视角来评判村民。故事中的警告也许指出了这座山村未来可能的命运，正如一位教授带着自己的研究生来调查这里的人口状况时指出：

又过了几年，别处的人口都在急剧上升，只有豹子坪的人口在下降，从五年前 94 人降到了 81 人。年轻人基本都出去了，豹子坪只剩下了老弱病残。依来调查的人口专家的观点，用不了 40 年，豹子坪村就会自然消亡。专家的每个学生都为这个推测而兴奋，他们说，将山林还给大自然，还给野生动物，这是社会的进步，是自然生态环境改善的伟大成果。

叶广芩坚持说自己首先是一个具有传统伦理观念的中国妇女，其次才是有皇室血统的满洲人。她的双重文化背景当然让她具有多视角，而且培养了她对边缘民族的同情。同样吸引某些汉族作家的是他们力图开发中国的“大西北”文学，将陕西省与边疆地区的少数民族相比较。高建群至今在这类文学作品中独占鳌头，紧随其后的是两次入围茅盾文学奖的红柯（1962—2018，生于宝鸡岐山）。他既是一个作家，也是一个哲学家。他的魔幻现实主义把读者带到了新疆的大山和草原，穿过内蒙古的草原让人感受到了当地欢快的舞蹈和礼仪。对于不熟悉他的人来说，值得一提的是他的中篇《故乡》，其中的主人公在蒙古族教师金花婶婶的帮助下努力战胜青年危机。关于少数民族的文化魅力，有些作家可能会固守政治正确的陈词滥调，而红柯却以关中西部朴实直率的方式，以引人入胜的方式将作品推向高潮。当家庭中的一位成员遭到经济上的困难时，金华婶婶的勇气表达得淋漓尽致：

婆婆又呱呱呱劝这个女人，不该说的话都说出来啦：“娃呀，陪你到老的是你男人不是娘家人，娘家人的话要掂量掂量，说啥听啥吃了屙不哈（下）。”这个女人就反戈一击：“我娘家人又没害他，我娘家把他吃屎的路挡住啦？啊！”老太太被侄媳妇直杵杵戳在心窝窝里，噎住了，抓挠心口说不出话。金花婶婶就冲上去揪住这个女人的领子嗓门大得像天上打雷：“你男人身上比你多一块肉，没有这块肉你就是一块石头，丢了男人的尊严，你这个妻子连一条狗都不如，当婊子都没人上。”金花扶着婆婆昂昂气壮从人群中穿过。结局不用多想，金花婶婶的那句名言传遍了整个周原，渭北市叔叔和婶婶单位的人都知道了。好家伙，男人比女人多一块肉，等于原子弹爆炸嘛。

有人就开玩笑：这么维护男人的女人快要濒临灭绝了。

没有几个作家能在短短的几句话里，让人既感到震惊，又觉得有趣。

第十三章

灞陵伤别——忆陈忠实

一个外国人怀念陈忠实，听来也许有点怪。因为版权问题，翻译成欧洲语言的《白鹿原》只有法语版。然而 1997 年停止学习这门语言后，我的法语就有些迟钝了。好朋友对邵宝庆和索兰格·克鲁威利（Solange Cruveillé）的译本评论是：“引人入胜，没有迷信和假话。小说封面梳着辫子的姑娘似乎不像陕西人，倒是更像马来西亚人和菲律宾人，但小说本身让人爱不释卷。”他的短篇小说和散文的英译本在国外的发行也有限。不过作品被翻译的少并不代表外国读者对他的作品没有兴趣，也不能埋没其作品的文学价值。

我是在钻研陕西文化时发现陈忠实的，实际上陕西文化和陈忠实是形影不离的。除了一些难懂的方言和文学典故（从他的作品里我知道了搅团是什么意思），学习汉语的人都可以读懂陈忠实描写关中的小说。几年前，一位朋友借给我一本当代中国著名作家的个人回忆录，书名叫《故乡》。书中做作的情感让人反感，简直没法读完，这可能怪编辑，而不怪作家（我就不指名道姓了）。但读陈忠实的《我的关中我的原》，我才意识到我们信得过的应该是作家自己送录的集子；另外，如果语言过关，最好读原作。陈忠实对灞桥周围以及白鹿原的描述，将一个个鲜活的现实主义形象刻在我的心里。在《家有斑鸠》中，他回顾了 20 世纪 50 年代政府对麻雀发动的全民战争，虽然收效不大，倒是让当地的各色鸟儿把对人的怀疑传递给了子子孙孙。无论这是真的还是虚构的，陈忠实不会矫情，而是更倾向于从身边的阴暗和迷信中挖掘教训。在《火晶柿子》中他说父亲不在院里栽柿树，因为担心“柿”即“事”也。他的短篇中偶尔也有浪漫情怀，在《白鹿原》上，河畔的田野既充满诗意，又带着浓郁的农耕痕迹。

虽然他的作品已经成了白鹿原旅游的催化剂，但没有人说他是别有用心。他用自己一贯的自嘲式幽默，常常提起在家乡创作唯一的长篇小说时的日日夜夜，这让他见识了乡村生活的艰辛。在那里，曾经有两个礼拜的时间气温都在十四摄氏度以下，使他第一次体会到了小说中清末年间的寒冷。

陈忠实让人们相信，二十几年前在陕西乡下的日子，有点像自己崇拜的文学大师柳青 20 世纪 50 年代在长安县皇甫村的体验。柳青的《创业史》虽然被誉为国内歌颂走集体主义道路的史诗，但作者被打成反革命则意味着柳青对后来陕西文学的影响被忽视了。在《柳青的警示》等文章中，陈忠实前所未有地挺身而出，捍卫柳青的文学成就，并暗示“文化大革命”中对柳青的迫害是完全不公平的。这并非我第一次听说他的正义感。2012 年初，我去参观杨虎城母亲在蒲城的老家。没有想到博物馆的馆长会拥抱我，因为当他听到我读过陈忠实写的一篇，把杨虎城将军和他的同乡、林则徐的老师王鼎作比较的文章时惊讶不已。

提起陈忠实不多的中篇小说和几十篇短篇小说，我们会看到他在文学成就上的另一面。如果说他的好多短篇在描写震撼人心的内容时稍欠火候，描述农村生活时过于现实，那也并非不公平。就拿《舔碗》(这是我和胡宗锋教授翻译的，刊登在 2015 年第四期的《译苑》) 来说，故事中的地主要求长工把碗舔干净，因为他家就是经过几代人这样的节俭才有了今天。故事的结尾是反抗而不是顺从，因为被雇的长工没能改变自己一舔碗就吐的习惯，于是选择了向地主摊牌。读他的《害羞》我亦有同感 (这是他 30 年前的短篇，英文是我的湖南好友贺龙平翻译的)。小说中上了年纪的王老师，解放后一直尽职尽责，盼望着退休后很体面地回到村里。然而他发觉自己让人厌恶。他发现卖冰棍时，班里的学生受自由经济市场的影响在搞竞争时，差点跟人打起来。

陈忠实的小说放在一起也许比单个的篇章更有价值。这些作品在对政府的政策变化以及对民众的影响方面互有关联，向海外传播最负责任的方法是翻译所有的短篇，出版一个按时间顺序排列、并有详细注释的多卷本。这将是一个学术项目，而非商业盈利项目，是一个集体事业，而非任性的个人爱好，完全值得付出。

很多人依旧盼望资深翻译家可以拿到《白鹿原》的英文版权，同时我们也希望新版电视剧能比以前王全安导演的电影更加充分地考虑到小说中的细节。

就我个人而言，我将怀念陈忠实慈祥的面孔了。以前不论是在婚礼、颁奖仪式或是文学活动中，我都会亲切地叫他“陈老师”。我们的友谊源于一次他的作品翻译研讨会，当时他问我是否和他一样热爱足球。我的回答是否定的，作为一个英国人我的话让他觉得惊讶。我给了他一个很新颖的“嫽扎咧”[①]的徽章，他开玩笑说他自己不会戴这个，要是他的孙子练习足球射门时踢中了，会把这个奖励给他。

陈忠实先生去世的当天，按照课程安排我要给本科生讲英国桂冠诗人阿尔弗雷德·丁尼生的诗歌[②]。虽然我尊重他的隐私，但我知道他已经病了好几个月了。从某种程度上说，他的尊严和我的同胞，英国历史上任职时间最长的这位桂冠诗人如出一辙。丁尼生的绝唱（此诗并非他的最后作品，却被选为他的墓志铭）

① 陕西方言“特别好”的意思——译者注。

② 阿尔弗雷德 · 丁尼生（Alfred Tennyson），英国 19 世纪著名诗人，在世时就获得了极高的声誉。其 131 首的组诗《悼念》被视为英国文学史上最优秀的哀歌之一，因而获桂冠诗人称号。其重要诗作有《尤利西斯》、《渡沙洲》和《悼念集》等，于 1850 年获得了桂冠诗人的称号——译者注。

带给我的是新的悲伤。《渡沙洲》(*Crossing the Bar*) 讲的是一个船上的乘客被英吉利海峡中的沙洲吸引，其文字完全可以运用到陈老师生长的灞河中去[①]。

但愿我出发时，
没有告别的悲伤。
潮水会送我到远处，
超出时间和空间的边境。
但我渡过沙洲后，
就会见到我的领路人。
——阿尔弗雷德·丁尼生，《渡沙洲》，丰华瞻译

陈忠实不是诗人，但他的一些诗句和他的小说一样，具有地域特色和情感。写完《白鹿原》后，他填了一首词：

涌出石门归无路，
反向西，倒着流。
杨柳列岸风香透。
鹿原峙左，骊山踞右，
夹得一线瘦。

---

① 汉语拼音的灞（Ba）和“渡沙洲”中的沙洲（Bar）发音一模一样，“渡沙洲”是个比喻，暗指诗人在经历了人生的风霜后，平静地迎接死亡的来临，毫无恐惧和哀伤。而在中国古代早就有灞陵伤别一说——译者注。

倒着走便倒着走，

独开水道也风流。

自古青山遮不住。

过了灞桥，

昂然掉头，东去一拂袖。

灞柳风絮最后一次告别了陈忠实。他那狂乱的头发、睿智而忧郁的笑容也许会从这个世界消失，但他的英名和灵魂却会在文学界永生。